AUX FRONTIÈRES DU RÉEL

QUAND VIENT LA NUIT...

AUX FRONTIÈRES DU RÉEL

Romans originaux :	
Les gobelins	*J'ai lu* 4099/3
Tornade	*J'ai lu* 4239/3
Point Zéro	*J'ai lu* 4252/3
Épisodes de la série TV :	
Nous ne sommes pas seuls	*J'ai lu* 4344/2
Quand vient la nuit...	*J'ai lu* 4345/2
Parole de singe	*J'ai lu* 4346/2
Compressions	*J'ai lu* 4347/2
Faux frères siamois	*J'ai lu* 4348/2
Métamorphoses	*J'ai lu* 4349/2
Mauvais sang	*J'ai lu* 4358/2
Coup de foudre	*J'ai lu* 4359/2
Le guide officiel-1 (*Éditions La Martingale*)	
Le guide officiel-2 (*Éditions La Martingale*)	

AUX FRONTIÈRES DU RÉEL

QUAND VIENT LA NUIT...

un roman de Les Martin

D'après les séries télévisées
« Aux frontières du réel » créées par Chris Carter
D'après un scénario de Chris Carter

Traduit de l'américain par M.C. Caillava

Éditions J'ai lu

Pour Janet,
avec tout mon amour.

Titre original :
DARKNESS FALLS
Published by arrangement with HarperCollinsChildren'sBooks,
a division of HarperCollinsPublishers, Inc.

Photo de couverture : Michael Grecco

CHAPITRE 1

Le brouillard matinal recouvrait la forêt.

Le banc de brume s'étirait en spirales, comme de la fumée, autour des troncs des arbres séculaires, hauts de plusieurs centaines de mètres.

Des volutes se formaient entre les buissons et les bosquets qui constituaient le sous-bois.

Le sol, couvert d'aiguilles de pin, était invisible sous cet épais manteau.

Tout était silencieux; seule une grenouille coassait dans le lointain.

Cette scène aurait pu se passer il y a des centaines et des centaines d'années, quand ces arbres étaient de minces pousses, quand seuls les Indiens vivaient ici, sur la côte Pacifique.

A cette époque-là, les étrangers au visage pâle n'étaient pas encore arrivés. Ils n'avaient pas encore pris possession de cette région pour en faire un État de leur nation. Ils ne lui avaient pas encore donné le nom de leur premier Président : Washington.

Mais aujourd'hui, dans les années 1990, de nouveaux étrangers étaient arrivés dans la forêt. Des hommes qui vivaient du bois. Des bûcherons. Ils se tenaient tous, en groupe, au centre de la clairière qu'ils avaient taillée eux-mêmes. Le sol était jonché de troncs d'arbres abattus.

Trente hommes. Des durs à cuire, tous aussi résistants que leurs haches et que leurs tronçonneuses. Des gars habitués à vivre dans la nature et à faire face à tous ses dangers.

Mais aujourd'hui, ces trente hommes mouraient de peur.

Jack Dyers était leur chef. Sa voix résonna dans la forêt lorsqu'il s'écria :

— Cette chose pourrait tous nous tuer!

Un nommé Bob Perkins, un gros bûcheron au visage de brute, rétorqua :

— Je te l'avais dit. On aurait dû se barrer il y a deux jours. Mais non, tu ne m'as pas écouté. Tu te souviens de ce que tu m'as dit, Dyers? Tu m'as dit que j'étais un trouillard. Alors dis-moi, maintenant, qui est-ce qui fait dans ses bottes, hein?

Dyers avança vers Perkins. Ils se regardèrent dans les yeux. Les grosses mains calleuses de Dyers se contractèrent comme s'il avait l'intention de frapper son collègue.

Mais il secoua la tête :

— Inutile de nous disputer, Perkins. Nous avons d'autres problèmes. Si seulement je pouvais mettre la main sur ce qui...

Il ne finit pas sa phrase mais grogna de colère.

Perkins sourit.

— Tu joues encore les gros bras, hein, comme il y a deux jours!

— Nous ne savions pas ce qui se passait, il y a deux jours. Et encore aujourd'hui, nous ne sommes pas sûrs de ce qui nous arrive.

— Il faut que quelqu'un aille chercher du secours, dit Perkins.

Les autres bûcherons commencèrent à murmurer entre eux.

Dyers les regarda. Il savait ce qu'ils pensaient.

— Quelqu'un ? fit-il. Et les autres, que deviendront-ils pendant ce temps-là ? Ils devront attendre ici, bien sagement, qu'on vienne les sauver ?

— Il faut prendre ce risque, insista Perkins. Il faut que l'un de nous tente de partir de cette forêt.

— Le pauvre mec qui tentera le coup ne courra peut-être pas assez vite. Il n'arrivera pas forcément à atteindre la route avant la tombée de la nuit. Et s'il est toujours dans la forêt quand le soleil se couchera, que se passera-t-il, hein ?

Perkins baissa la tête. Tout le monde connaissait la réponse à cette question. Ils savaient tous ce qui se passait lorsqu'on était dans la forêt, une fois la nuit venue.

Dyers se tourna vers les autres.

— Je propose qu'on tente le coup. On se sépare et chacun pour soi.

Perkins ouvrit la bouche pour protester.

Mais avant qu'il ne puisse émettre un son, quelqu'un cria :

— C'est notre unique chance.

— Moi, je ne passe pas la nuit ici, de toute façon ! annonça un autre bûcheron.

— Chacun pour soi! lança un troisième homme. Ça passe ou ça casse!

Perkins tenta une dernière fois de les dissuader :

— C'est du suicide. Tu le sais aussi bien que moi, Dyers.

— O.K., répondit celui-ci au milieu du brouhaha. Tu restes là. Tu nous enverras des cartes postales.

Dyers commença à défaire le harnais qu'il portait et qu'il utilisait pour grimper aux arbres.

Les autres bûcherons firent de même.

Ils ne voulaient pas être encombrés par ce poids inutile. Ils allaient devoir courir pour survivre, courir à travers la forêt. Une course contre le temps, contre le soleil qui se coucherait bientôt, une course contre la nuit et la mort.

Plus tard, ce soir-là, Dyers courait toujours. Ou du moins, il essayait. Ses jambes pesaient trois tonnes. Il avait un point de côté qui lui faisait horriblement mal. Chaque respiration était plus difficile que la précédente. Il avait un goût métallique dans la bouche. Mais la vue du soleil qui se rapprochait de l'horizon, entre les arbres, lui donnait la force de continuer à avancer.

Dyers se demanda comment ses amis s'en sortaient. Les pauvres types ne devaient pas être en meilleur état que lui. Il regrettait maintenant qu'ils n'aient pas décidé de partir en petits groupes. Mais peut-être qu'on courait plus vite quand on était seul. Ce qui était sûr, c'était qu'on avait beaucoup plus peur! Dyers ne s'était jamais senti aussi seul et terrorisé qu'en cet instant.

— Aaaaaah!

Son cri résonna à travers la forêt.

Il avait trébuché sur une branche. Il tomba en avant, mais son pied resta coincé sous le morceau de bois. Dyers entendit nettement sa cheville craquer.

Les larmes embuèrent sa vue. La douleur était horrible. Dyers réussit à se libérer et à s'asseoir sur la branche. Il délaça sa botte et l'ôta lentement avec précaution.

— Tu t'es cassé quelque chose? demanda une voix derrière lui.

C'était Perkins qui s'était arrêté pour regarder ce qui se passait. Il était essoufflé lui aussi.

— Ouais, soupira Dyers. Je crois que c'est cassé.

— Il faut que tu te relèves.

Dyers posa la main sur sa cheville et grimaça de douleur.

— Je ne crois pas que je puisse.

— Tu n'as pas le choix. Allez, viens!

Perkins passa son bras sous les épaules de son ami. Il le souleva et l'aida à se mettre debout.

— Passe ton bras autour de mon cou, vieux. On va y arriver si on avance ensemble.

— Merci, fit Dyers. Mais pourquoi fais-tu ça? Je sais bien que tu ne peux plus me supporter.

— Oublie ça. Nous avons parfois des points de vue différents. Mais nous sommes avant tout des êtres humains. Et dans une situation comme celle-ci, les êtres humains doivent s'entraider pour survivre.

Dyers sourit.

— Ouais, je me souviens que Benjamin Franklin disait un truc comme ça... on nous apprenait ça à l'école... « *Nous vaincrons ensemble ou nous échouerons* »... un truc comme ça. La seule différence, c'est que nous n'allons pas « échouer ». Nous allons crever !

— Ferme-la, interrompit Perkins. La nuit va bientôt tomber.

Ils continuèrent à progresser comme ils pouvaient. Mais ils n'allaient pas vite. Trois jambes ne suffisaient pas pour porter deux hommes de leur gabarit. Leur démarche ressemblait à celle d'un jouet mécanique auquel il aurait manqué une pièce.

— Il nous reste encore combien de kilomètres à faire, à ton avis ? demanda Dyers d'une voix rauque.

Perkins respirait lourdement.

— Aucune idée, vieux. Dommage qu'il n'y ait pas de bornes kilométriques dans les bois !

Soudain, Dyers lui fit signe de se taire :

— Ecoute ! Tu as entendu ?

Les deux hommes s'arrêtèrent. Perkins tendit l'oreille et distingua en effet un bourdonnement sourd.

— C'est des insectes, sûrement des moustiques. Ils sortent la nuit.

— Et il fait nuit, maintenant, remarqua Dyers. On n'y arrivera pas.

Le bourdonnement devenait plus fort. Le son se rapprochait.

— Apparemment le père Franklin avait tort, ricana Dyers. On peut rester « ensemble » et mourir « ensemble » !

— Non ! s'écria Perkins. On continue, viens !

Il souleva Dyers et le porta.

Mais il était trop tard. La forêt tout entière grésilla autour d'eux et devint luminescente.

Perkins regarda au-dessus de lui. Au lieu de voir le ciel nocturne entre le haut des arbres, il aperçut un nuage vert, brillant et mouvant.

Il posa Dyers par terre et essaya de se placer au-dessus de lui pour le protéger.

La nuée descendait vers eux. Sa lumière était aveuglante.

Le bourdonnement devint insoutenable.

Le bruit était tel qu'il étouffa le dernier son humain qui résonna cette nuit-là dans la forêt : les cris de douleur de Perkins.

CHAPITRE 2

— Agent Scully, votre heure a sonné ! fit l'agent spécial Fox Mulder. Venez dans mon bureau.

L'agent Dana Scully avala le dernier morceau de son donnut, finit rapidement la dernière goutte de son café et jeta sa tasse en plastique dans la poubelle.

— Je te suis, Mulder, répondit-elle, mais je ne parlerai qu'en présence de mon avocat !

Ils quittèrent la longue salle de la cafétéria du F.B.I. et prirent le couloir qui menait aux ascenseurs.

Scully essayait de se préparer intérieurement à ce qui l'attendait. Mais elle savait déjà qu'il était trop tard. Cette petite lueur dans l'œil de Mulder... il avait repéré une affaire qui l'intéressait ! Un cas qui entrait dans le cadre des « affaires non classées », une enquête dont personne au Bureau ne voulait. Personne, sauf Mulder.

On appelait « affaires non classées » tous les dossiers non résolus, toutes les affaires bizarres, étranges, inexplicables. En un mot, tout ce que ces messieurs de la direction considéraient comme des histoires de dingues ! Ils auraient voulu pouvoir enfermer les « affaires non classées » dans un placard et jeter la clé. Mais Mulder avait la manie d'ouvrir la boîte de Pandore chaque fois qu'il le pouvait.

Cela ne faisait pas particulièrement bonne impression. Fox Mulder était classé et catalogué, dans l'esprit de tous ceux qui avaient travaillé avec lui. Mais, heureusement pour lui, il représentait également un élément brillant aux yeux de la hiérarchie du F.B.I., un jeune agent particulièrement doué dont on avait besoin et qu'on ne pouvait pas se permettre de mettre à la porte du jour au lendemain.

Mais les patrons du F.B.I. avaient tout de même trouvé un moyen de contrôler Mulder, de garder une emprise sur lui ; ils lui avaient adjoint une collaboratrice : Scully.

Dana Scully avait toutes les qualifications requises pour exercer ce boulot. Elle était non seulement scientifique, mais également médecin, et avait suffisamment d'intelligence et de bon sens pour pouvoir écouter calmement puis vérifier les théories de Mulder selon lesquelles les Martiens (ou autres petits hommes de couleur verte) étaient en train de foutre le bordel sur cette chère planète Terre. Elle empêchait Mulder de se laisser emporter. Et quand ce pauvre Fox pétait réellement les plombs, Scully ramassait les morceaux. En général, elle recevait un coup de fil de ces messieurs de la direction, lui demandant de faire revenir Mulder à la raison, de le faire rentrer dans le rang.

Aujourd'hui, Dana Scully avait été la partenaire de Fox suffisamment longtemps pour commencer à pouvoir se mettre à sa place, à deviner ses pensées, ses raisonnements.

Mulder avançait dans le couloir à longues enjambées, et Dana devait presque courir pour le suivre. Du coin de l'œil, elle voyait les agents qu'ils croisaient le regarder. Scully savait que, dès qu'ils seraient dans l'ascenseur, on commencerait à papoter : *Si, si, je vous dis que c'est lui... il voit des soucoupes volantes partout !*

Dana se demandait parfois, non sans une certaine appréhension, ce qu'on disait d'elle quand elle avait le dos tourné. Elle aussi, elle se posait des questions sur Fox. Avec lui, on ne savait jamais à quoi s'attendre. Il fallait voir venir, être sur les lieux de l'enquête. Impossible de prédire comment une affaire allait se dérouler. Avec l'agent Mulder, l'imprévu était la règle.

Mulder sortit en coup de vent de l'ascenseur et fonça dans son bureau.

— Il faut que tu voies ça, Scully ! s'écria-t-il. Il y a de quoi impressionner n'importe qui, même toi !

Dana était allée maintes fois dans le bureau de Fox, mais elle ne pouvait jamais s'empêcher de frissonner en y entrant.

Les piles de livres et de dossiers montaient jusqu'au plafond. Des magazines, journaux, disquettes, livres scientifiques et même bandes dessinées traînaient sur le sol. La table était couverte d'un fouillis de paperasses.

Scully aimait l'ordre et la propreté. Ce bureau était l'incarnation même de ses pires cauchemars. Elle se demandait toujours comment Mulder arrivait à retrouver quoi que ce soit dans ce bordel. Mais, curieusement, il ne perdait jamais rien!

En ce moment, il était en train d'extraire le projecteur de diapos de sous un paquet de coupures de presse. Il déploya l'écran de projection.

— Regarde-moi ça!

Fox fit apparaître une photo d'amateur représentant un groupe d'une trentaine d'hommes. Ils portaient tous des vêtements et de l'équipement destinés au travail en plein air. La plupart d'entre eux étaient barbus et portaient fièrement une hache sur l'épaule. On pouvait deviner derrière eux une immense forêt. Un énorme arbre gisait devant eux, sur le sol, tel un géant vaincu.

— Ce sont de joyeux bûcherons? demanda Dana.

— Tu reviendras en deuxième semaine! répondit Mulder. Est-ce que tu veux essayer le super-banco?

— Arrête ton cirque. Qui sont ces hommes?

— Une bande de coupeurs d'arbres qui travaillent à Washington.

Scully fronça les sourcils.

— Washington? Je ne savais pas qu'il restait ce genre de forêt dans la région de Washington.

Mulder sourit.

— Pas Washington DC, la ville, mais Washington, l'État! De l'autre côté de la carte, tu te souviens de ta géographie ? Bon, maintenant, regarde cette photo attentivement et dis-moi ce que tu vois.

Dana croisa les bras.

— Ce sont de solides gaillards. Je crois que les termes de « vrais hommes » s'appliquent à ces brutes.

— Très bien, Scully, et que vois-tu d'autre ? Rien d'anormal, rien qui te semble étrange ? Quelque chose qui sorte de l'ordinaire, un détail inexplicable ?

Dana regarda attentivement et finit par secouer la tête.

— Je donne ma langue au chat.

Mulder sourit.

— Ta langue au chat ? Voilà qui est une amusante coïncidence, car c'est exactement ce qu'a fait le service fédéral des Eaux et Forêts !

— Où veux-tu en venir ? Qu'est-ce qui est arrivé à ces hommes ?

Mulder appuya sur un bouton, et la photo disparut de l'écran. Une autre la remplaça : deux hommes, seuls. Ils portaient des chemises à fleurs, des jeans élimés. Leurs cheveux longs et leurs barbes mal taillées les faisaient ressembler à Robinson Crusoé. Le plus grand avait une petite tresse ornée de plumes indiennes, le deuxième portait un bandana autour de la tête.

— Ces bonshommes ont l'air d'aller à un concours de déguisement années soixante. Il ne leur manque que des pattes d'eph' et ils sont bons pour Woodstock ! remarqua Scully.

— Je te présente Douglas Spinney et Steven

Teague, dit Mulder. Ils se font appeler les Démolisseurs. Et ils font très bien leur travail.

— Quel genre de travail ?

— Tout ce qui peut emmerder les bûcherons et les scieries. Un de leurs amusements préférés est de cacher un pieu à l'intérieur des arbres pour que les scies se cassent.

Scully soupira.

— Je vois, des éco-terroristes !

En tant qu'agent du F.B.I., elle connaissait ce genre de personnes. Ils disaient aimer la nature et vouloir la protéger à tout prix. Cela leur donnait une excuse pour faire à peu près n'importe quoi au nom de la sacro-sainte croisade.

— Je n'aime pas les gens qui font le mal au nom d'une bonne cause, ajouta-t-elle amèrement.

— Teague et Spinney sont de la pire espèce, Dana. Il y a deux semaines que nous sommes sans nouvelles d'eux. Le service des Eaux et Forêts a reçu un appel radio des bûcherons que je t'ai montrés sur la première photo. Ils travaillaient au cœur de l'Olympic National Forest. Apparemment, Teague et Spinney étaient en train de leur organiser une surboum : des pieux dans les arbres, un sabotage d'équipement, le grand jeu. Une semaine plus tard, toutes les communications radio avec les bûcherons se sont arrêtées.

— On sait pourquoi ?

Mulder secoua la tête.

— Non, mais la scierie qui employait ces casseurs de bois a demandé aux Eaux et Forêts de faire une enquête. Deux officiers sont allés sur place voir ce qui s'était passé. Il y a une semaine de ça. Nous n'avons aucune nouvelle d'eux depuis.

— On dirait que les Démolisseurs sont devenus des buveurs de sang, remarqua Scully.

— C'est exactement ce que pensent les scieries et les Eaux et Forêts. Ils ont donc demandé au F.B.I. de prendre l'affaire en main. J'ai dû frapper à pas mal de portes pour réussir à ce qu'on nous mette, nous, sur ce coup !

Scully fit la grimace.

— Tu veux t'occuper d'une affaire d'éco-terrorisme ?

Fox se tourna vers elle. Dana connaissait ce sourire. Il ne lui avait pas tout dit, il jouait avec elle comme un chat avec une souris.

— Bon, Mulder, tu m'expliques ce qui se passe, ou est-ce qu'il faut d'abord que je me traîne à tes pieds ?

— Regarde cette dernière photo.

Il mit une nouvelle diapo dans l'appareil.

Le cliché représentait d'autres bûcherons. Des durs de durs, eux aussi, le même genre que ceux de la première diapositive. Mais leur équipement était suranné.

— Ce cliché date de 1934, expliqua Fox. A cette époque, le mot « écologie » et le mot « terrorisme » n'existaient pas. Cette équipe travaillait pour une société gouvernementale, la WPA. Ils œuvraient eux aussi dans l'Olympic Forest. Et ils ont disparu sans laisser de trace. On ne les a jamais revus.

— Laisse-moi deviner. Tu soupçonnes Bigfoot d'avoir fait le coup ?

Mulder ne sourit pas.

— Non, pas Bigfoot. Je ne pense pas qu'un seul monstre arrive à manger toutes ces chemises en flanelle.

Dana se passa la main sur les yeux. Pourquoi avait-il fallu qu'elle fasse une plaisanterie au sujet du légendaire Bigfoot ? Mulder devait sûrement croire qu'il existait réellement !

Fox frappa dans ses mains.

— Allez, Scully ! Quoi de plus vivifiant qu'un séjour en forêt ? Je parie que tu as été girl-scout !

Mulder avait vu juste. Dana avait bien été scout, elle avait même gagné tous les badges et médailles qui existaient.

Mais tout cela n'allait pas lui servir maintenant. Mulder aimait les cas aux frontières du réel, les mystères insondables... et on n'apprenait rien aux girl-scouts à ce sujet !

CHAPITRE 3

— J'ai l'impression d'être dans une pub pour Hollywood chewing-gum ! fit Scully.

Elle portait un jean, une chemise à carreaux et des chaussures de randonnée ; le tout acheté pour l'occasion.

Mulder était habillé de la même façon, mais Dana remarqua que ses vêtements à lui n'étaient pas neufs, loin s'en fallait.

— Quand tu es à Rome, fais comme les Romains ! sourit Fox.

— Rome, tu parles ! Ça ressemble plutôt à la forêt du Petit Poucet.

Elle regarda par la vitre de leur quatre-quatre de location. Les bois s'étendaient à perte de vue.

— En parlant de Petit Poucet, ajouta-t-elle, je ne vois pas de panneaux indicateurs. Tu es certain que nous ne nous sommes pas perdus ?

Scully conduisait et Fox faisait office de navigateur. Dana n'aimait pas le laisser prendre le volant. Il ne connaissait que deux façons de conduire : très vite, et très très vite.

Pour une fois, Scully aurait bien aimé appuyer sur le champignon. Elle suivait un gros camion à remorque qui transportait des arbres coupés.

— Ne t'en fais pas, sourit Fox. Ce routier va exactement là où nous allons, et il connaît le coin. Il n'y a qu'une seule scierie dans le secteur. J'espère que notre contact des Eaux et Forêts sera au rendez-vous. Je n'ai pas envie d'attendre.

— Il est là à la demande de la scierie ?

— Je ne suis pas certain qu'il aime beaucoup les bûcherons. La forêt appartient à l'État, et le boulot des Eaux et Forêts est de dire à ces charmants jeunes gens quels arbres ils ont le droit de couper et ceux qu'ils doivent épargner.

Ils suivirent le camion qui prit une route secondaire. On pouvait voir la scierie dans le lointain ; on pouvait également la sentir.

Scully se pencha par la portière de la voiture et renifla. Elle fit tout de suite une grimace dégoûtée.

— Baaah ! Quelle odeur horrible ; et moi qui croyais que la sciure sentait bon !

— Cette scierie est moderne et utilise beaucoup de produits chimiques pour traiter le bois, répondit Mulder. Mais son directeur dit que, si on y travaille suffisamment longtemps, on finit par ne plus remarquer ce charmant parfum.

— L'être humain peut s'habituer à tout, soupira Scully. C'est comme dans les morgues. J'ai vu des gardiens jouer aux cartes sur le ventre d'un cadavre. J'imagine que les gens de cette région ne savent même plus à quoi ressemble l'air frais et pur.

— Il n'y a pas grand monde dans le coin. C'est

pour cela qu'on installe toujours les usines de ce type en pleine nature. Sinon, leurs patrons se retrouveraient avec des procès à la pelle. Et encore, je ne parle que des voisins se plaignant des nuisances, ni de ce que diraient ou feraient les écolos !

Mulder termina sa phrase en faisant signe à Dana de se garer sur le petit parking devant les grilles de la scierie. Elle haussa les épaules tout en manœuvrant.

— Je comprends tout à fait qu'on fasse des procès ou des manifestations pour défendre la nature. C'est de « l'écologie », pas de « l'éco-terrorisme ».

Elle se gara juste à côté d'un gros quatre-quatre. C'était un véhicule entièrement conçu pour aller dans les bois. Pneus spéciaux, treuil, pare-chocs renforcés, pare-soleil intégré. Les portières étaient ornées du sceau du service fédéral des Forêts.

Un grand gaillard, vêtu d'une veste de randonnée, se tenait près du quatre-quatre. Il étudiait une carte qu'il avait déployée sur le capot.

— Ça doit être lui, fit Scully à son associé.

Mulder se dirigea immédiatement vers l'inconnu.

— Salut, je suis l'agent Mulder et voici l'agent Scully. Nous sommes du F.B.I.

Le bonhomme continua de regarder le plan, puis tourna lentement la tête et dévisagea Fox.

— Vous avez une preuve de votre identité ?

Mulder sortit son badge du F.B.I., Dana fit de même.

Le type s'empara des cartes, étudia les photos, les compara — en prenant son temps — avec le visage de Scully et de Mulder, puis les leur rendit. Il serra alors la main de Fox.

Celui-ci eut la sensation qu'on lui passait les doigts au broyeur — quelle poigne !

— Je suis Larry Moore, des Eaux et Forêts. Vous pouvez mettre vos bardas à l'arrière de ma bagnole.

— Qu'est-ce que c'est que cette marque sur votre pare-brise ? demanda Mulder. On dirait un impact de balle.

— Calibre vingt-deux, répondit Moore en commençant à replier soigneusement la carte.

— On vous a tiré dessus ?

— On dirait. Les chasseurs du coin visent trop bien pour atteindre une voiture par accident. De toute façon, on ne se sert pas de cartouches de vingt-deux pour chasser... sauf pour chasser le « Freddy »

— Le Freddy ? répéta Scully.

— Les employés du service des Forêts. C'est comme ça que nous appellent les éco-terroristes.

— Vous pensez que ce sont eux qui vous ont tiré dessus ? demanda Mulder. Ils vous font des ennuis ?

Moore le regarda dans les yeux.

— Ecoutez, Mulder, mettons les choses au point tout de suite. Je n'ai rien contre les revendications de ces gens. Ils veulent sauver la forêt, c'est également mon boulot. Mais je ne peux pas admettre leurs méthodes. Rien ne peut justifier le fait de détruire du matériel de travail, ni bien entendu de tuer les gens.

Scully fit signe qu'elle avait compris.

— Je vois. Mais vous pensez réellement que ces militants sont capables de tuer?

— Trente hommes ont disparu, trente hommes qui ont l'habitude de vivre dans la nature, avec tous les problèmes que cela comporte. Il leur est forcément arrivé quelque chose.

Une autre voiture tout terrain arriva et s'arrêta à quelques mètres d'eux. Un grand homme au visage buriné en descendit.

Il sortit d'une main, et avec facilité, deux sacs à dos remplis à craquer de matériel. Il balança le tout dans la voiture de Moore, puis retourna à son véhicule et prit des fusils sur le siège avant.

— Bon, soupira Moore, on va pouvoir y aller.

— Désolé d'être en retard, fit l'inconnu. J'étais en train de parler avec la femme de Bob Perkins. (Il se tourna vers Mulder et Scully et expliqua :) Perkins est un des bûcherons qui ont disparu.

Il vint vers eux et se présenta :

— Steve Humphreys, chef de la sécurité de la compagnie des scieries Schiff-Immergut. Vous êtes du F.B.I., c'est ça?

— Je suis Mulder, voici l'agent Scully.

Humphreys leur serra la main, puis tendit les fusils à Moore.

— Prends-en soin, dit-il, j'ai le mauvais pressentiment que nous en aurons besoin.

Moore prit les armes et les posa dans son quatre-quatre.

— On verra bien.

— Allons-y, nous avons quatre heures de route devant nous.

Mulder se pencha vers Scully, et lui murmura :

— J'ai comme l'impression que nous allons sur un champ de bataille. La guerre a été déclarée et on ne nous a pas mis au courant !

CHAPITRE 4

Scully savait que la première victime de toute guerre était toujours la vérité. Fox et elle allaient donc avoir bien du mal à découvrir ce qui s'était réellement passé dans la forêt. Il n'était pas question une seule seconde de prendre pour argent comptant la version des faits que leur débitaient Moore et Humphreys. Elle déciderait elle-même qui étaient les bons et qui étaient les méchants dans cette affaire.

Mulder se ferait, lui aussi, son opinion tout seul.

Tout ce qui pouvait leur rappeler la civilisation disparut peu à peu tandis qu'ils s'enfonçaient dans la forêt. Ils quittèrent la route goudronnée pour prendre un petit chemin de terre. Une route que seuls les bûcherons devaient emprunter. Il y avait juste la place nécessaire pour faire passer un camion. Le sentier montait vers les hauteurs, vers les montagnes couvertes d'arbres.

Scully et Mulder étaient serrés comme des sardines, assis sur la banquette avant entre Moore et Humphreys. Ils profitèrent du voyage pour poser des questions adroites aux deux hommes. Fox et Dana avaient travaillé ensemble suffisamment longtemps pour savoir ce que l'autre pensait et ce qu'il voulait savoir sans échanger un seul mot.

— Pourquoi est-ce que les bûcherons travaillent si loin, dans les bois ? demanda Scully.

Humphreys répondit :

— Parce qu'il y a des arbres dans les bois.

Scully regarda par la vitre. Des arbres, des arbres partout. C'était à vous donner le tournis.

— Des arbres, vous êtes sûr que c'est la vraie raison ? sourit-elle.

Humphreys fit la moue.

— C'est à cause de ces écolos à la con. Ils posent plus de problèmes à mes gars que la forêt. Ces connards ont tellement emmerdé nos équipes qu'on ne peut plus couper une seule branche dans le secteur que nous venons de traverser. Il faut aller au plus profond des bois. Et même là, nous sommes obligés de replanter un arbuste pour chaque arbre abattu.

Mulder se tourna vers lui.

— Dans ce cas, pourquoi ces éco-terroristes s'en prennent-ils à vos petits gars ? D'après ce que vous me dites, ils ont obtenu ce qu'ils voulaient.

Humphreys soupira.

— Ils ont toujours de nouvelles exigences. Ces crétins ne seront contents que lorsque toutes les scieries de la planète auront fermé. Ils voudraient nous voir au chômage, nous et les bûcherons. Mais ce qui me dégoûte le plus chez ces fils de putes, c'est qu'ils n'ont pas les couilles de venir nous attaquer en face. Ils me rappellent ces petits trouillards qui fuyaient vers le Canada pendant la guerre du Viêt-nam, ceux qui se débinaient pour éviter d'être envoyés au front. Si seulement je pouvais en attraper un, je lui...

BANG ! BANG !

Deux explosions !

Instinctivement, Scully baissa la tête et se couvrit la nuque avec les mains. Mais il n'y eut pas de bris de verre, pas de pare-brise en éclats. La voiture se mit soudain à se secouer comme un cheval de rodéo. Le véhicule quitta le petit chemin et percuta un arbre.

— Qu'est-ce qui s'est passé ? demanda Dana en se redressant.

Moore avait freiné.

Il n'avait pas l'air en état de choc, ni surpris, mais simplement en colère.

— Les pneus ! répondit-il entre ses dents.

Tout le monde descendit du véhicule.

— Je regarde le côté gauche, jette un coup d'œil au droit, lança Moore à Humphreys.

Scully et Mulder suivirent Moore. Ils s'agenouillèrent avec lui pour regarder le pneu.

Plat comme une crêpe.

Moore arracha un morceau de métal de la jante.

— Crève-pneus fait maison, ricana-t-il. Du travail d'artisanat.

— C'est grave ? demanda Scully.

— Plutôt. On ne peut pas réparer, le pneu et la cloison intérieure sont lacérés.

— Vous avez bien une roue de secours ? demanda Mulder.

Avant que Moore ait eu le temps de répondre, Humphreys vint vers eux.

— Le côté droit est mort, annonça-t-il.

Il tendit à Mulder un morceau de métal composé de quatre pics acérés soudés ensemble.

— Mettez ça dans votre dossier, monsieur F.B.I.

Fox passa l'objet à Scully.

— Impressionnant et efficace, remarqua-t-elle.

— Les Démolisseurs appellent ça une « araignée », expliqua Humphreys. Ils en mettent partout sur les chemins. Ils se foutent de savoir à qui appartient la voiture qui va crever ici. C'est du terrorisme pur et simple.

Dana lui rendit l'objet. Humphreys le prit et l'envoya d'un geste rageur contre un des arbres.

— J'imagine ce qui se passerait si quelqu'un mettait ce genre de truc dans les rues de Washington ! Ces messieurs de la Maison-Blanche réagiraient immédiatement. La cote de popularité des écolos ne serait pas ce qu'elle est dans les grandes villes !

Scully se hâta de changer de sujet :

— Comment allons-nous faire pour rejoindre le camp des bûcherons ? demanda-t-elle.

— Comme au bon vieux temps, répondit Moore, on va faire comme au Moyen Age, on va marcher !

Dana regarda ses bottes.

— D'après le vendeur, ces pompes sont faites pour la randonnée en terrain accidenté... j'espère qu'il ne s'est pas fichu de moi.

— Vous allez vite le savoir.

Quelques heures plus tard, les considérations de Scully avaient légèrement changé. Elle se demandait maintenant si c'étaient ses pieds qui avaient gonflé ou ses bottes qui avaient rétréci. Elle regrettait d'avoir emporté tant de choses inutiles dans son sac à dos. Ses épaules lui faisaient mal, le sac était trop lourd.

Fox continuait, comme à son habitude, de marcher d'un pas vif et régulier. Décidément, il fallait qu'elle se remette au jogging. Mulder avait l'air plus en forme qu'elle.

Son moral remonta légèrement lorsqu'elle aperçut devant elle un camion garé le long du chemin.

— Terre ! s'écria-t-elle.

— Si on veut, fit Moore.

— Qu'est-ce que c'est que ce camion ? demanda Mulder. Je n'en ai jamais vu de pareil.

Humphreys répondit :

— C'est un appareil de levage qui permet de ramasser les troncs puis de les transporter.

Moore indiqua les pneus dudit camion.

Plats comme des crêpes, eux aussi.

— Ce véhicule ne nous servira pas, dit-il. Allons-y, continuons, nous ne devons plus être loin du camp.

Effectivement, dix minutes plus tard, ils découvrirent un autre véhicule et une petite grue. Il y avait aussi une cabane faite de rondins, et près d'elle, des tentes vert olive.

La porte du camion était ouverte et grinçait, poussée par le vent.

— Hé-ho... il y a quelqu'un ? appela plusieurs fois Moore, la main en porte-voix.

Pas de réponse.

Scully se rapprocha de Mulder et lui glissa :

— On se croirait dans une ville fantôme !

Fox lui fit signe de le suivre à l'intérieur de la cabane.

— Ils ont oublié de faire la vaisselle ! remarqua-t-il en indiquant les assiettes sur la grande table en bois.

Il y avait encore de la nourriture dans les plats. Elle était moisie.

— Ils en ont sans doute eu marre de manger des haricots, fit Scully. Nos joyeux bûcherons sont peut-être partis à la chasse à l'ours.

Elle regarda autour d'elle. Les chaises gisaient sur le sol. Les lits étaient défaits.

— On dirait qu'ils sont sortis précipitamment.

Mulder haussa les sourcils.

— Tu as raison, et ils ont oublié de faire leurs sacs.

Fox alla ouvrir le réfrigérateur. Il attrapa un emballage plastique qui se trouvait dedans, et regarda son contenu.

— On dirait des bourgeons, commenta-t-il.

Scully jeta un coup d'œil.

— Substance illégale ?

Mulder prit un des bourgeons et le renifla.

— On dirait en effet que nos petits gars avaient du mal à passer les longues soirées d'hiver. Mais il faut leur pardonner. Ils n'ont pas le câble, comment vivre sans MTV ?

Fox passa le doigt sur le haut du sac.

— Tu as repéré quelque chose ?

— Regarde, Scully, on dirait de la graisse.

Ils étaient tous les deux en train d'étudier le sac, lorsque Humphreys entra.

— Vous avez trouvé quelque chose ? demanda-t-il.

— Des douceurs. Et vous ?

Humphreys soupira.

— Tous les véhicules ont été sabotés. Le travail est signé : les Démolisseurs. Et le générateur est bousillé aussi.

Scully hocha la tête.

— Le grand jeu !

Humphreys n'avait pas envie de rire.

— Apparemment, ces connards ne voulaient pas qu'on puisse donner l'alerte.

Il brandit ce qui restait de la radio.

Des fils et quelques composants électroniques cassés.

— Allons voir où en est Moore, suggéra Mulder.

Moore était en train d'examiner un camion. Il avait soulevé le capot et regardait dans le moteur.

— Il y a du riz dans le radiateur, annonça-t-il, du sucre dans le réservoir et du sable dans les pistons. Nos amis n'ont vraiment rien oublié.

— Je me demande ce qu'ils ont pu faire d'autre, murmura pensivement Mulder.

Humphreys regarda sa montre.

— Il est trop tard pour partir faire des recherches. Le soleil va se coucher. Il fera nuit dans une heure et demie.

Moore s'essuya les mains.

— Je vais tout de même dans les environs pendant qu'il fait encore jour.

— O.K., rétorqua Humphreys, et moi j'essaie de voir s'il y a moyen de remettre le générateur en état.

Les deux hommes s'éloignèrent. Mulder et Scully se rapprochèrent du camion pour mieux regarder le contenu du radiateur.

— Tu avais raison, Mulder.

— A propos de quoi ?

Dana indiqua les grains de riz.

— Ce n'est pas un coup de Bigfoot !

CHAPITRE 5

Mulder regarda autour de lui.

— Le problème, Dana, c'est que nous ne savons même pas ce qui est arrivé ici. Alors, pour ce qui est de trouver le coupable...

— Ouais, j'ai l'impression d'être dans un cimetière sans cadavres, rétorqua Scully. Tiens, voilà Moore qui revient déjà. Espérons qu'il aura découvert quelque chose.

Le garde forestier leur fit un signe.

— Rien ! cria-t-il. Rien ne marche dans ce bled ! Et personne dans le secteur. Les Démolisseurs ont bien fait leur boulot.

— Nous n'avons pas encore la preuve que c'est eux qui ont fait le coup, remarqua Fox.

— Il nous faut des preuves, c'est exact, ajouta Scully à l'intention de Moore.

Celui-ci haussa les épaules.

— Il nous reste une heure avant la tombée de la nuit. Cela nous laisse le temps de fouiller les alentours. On trouvera peut-être quelque chose d'intéressant.

Scully hocha la tête.

— Bonne idée. Le plus tôt nous aurons élucidé cette affaire, le plus tôt nous ficherons le camp d'ici, ce qui m'arrangerait, je l'avoue. Cet endroit est vraiment sinistre.

Mulder haussa les sourcils.

— Sinistre ? Tout est normal ici, le seul détail inhabituel est que trente gaillards ont foutu le camp si rapidement qu'ils n'ont ni fini leur dîner ni fait leur paquetage. Ils ont disparu. Allons Scully, je suis certain qu'il y a une explication parfaitement rationnelle à tout cela, et que c'est toi qui vas la trouver. Oh ! pardon... j'oubliais : c'est toi qui es supposée me dire ce genre de choses, non ?

Scully lui fit une grimace. Fox adorait lui rappeler qu'elle était une scientifique, une « rationnelle ». Dana lui avait effectivement fait un joli petit discours en ce sens lors de leur première rencontre. Elle avait l'impression que cela s'était passé il y avait une éternité. Aujourd'hui, elle croyait toujours à la science et au rationnel, mais elle perdait parfois pied et avait des accès de doute comme on a des accès de fièvre.

Elle préféra changer de sujet.

— On verra bien, Mulder, on verra bien. Tu crois que Humphreys va se joindre à nous ?

Moore répondit le premier :

— Non, Humphreys veut s'occuper de l'équipement. Il regarde si on peut récupérer quelque chose. Allons-y.

Scully et Mulder le suivirent. Ils ne pouvaient pas avancer très vite à cause des arbres et des buissons.

Soudain, ils débouchèrent dans une clairière. Ils pouvaient voir le ciel au-dessus d'eux.

La clairière n'était pas naturelle mais faite de main d'homme. Des troncs d'arbres gisaient partout sur le sol. Les souches étaient fraîches. Certains des pins abattus avaient été mis en tas, d'autres étaient couchés là où ils étaient tombés.

— Ils ont travaillé dur jusqu'au bout, on dirait, commenta Moore.

— De vrais petites abeilles, sourit Fox. Dites donc, en parlant d'abeilles, est-ce qu'il y en a dans cette partie de la forêt ?

Mulder était en train de regarder en l'air.

— Non, il n'y a pas ce genre d'insectes dans le coin. Pourquoi me posez-vous la question ?

Fox lui indiqua une des plus hautes branches d'un des rares pins encore debout.

Il y avait quelque chose d'accroché là-haut. On aurait dit un gros sac de marin, si ce n'était que l'objet n'était pas fait de fibres.

Moore se gratta la tête.

— Ça ressemble à une ruche ou à un cocon.

— Une ruche, un cocon, répéta Mulder. Mais quel insecte a fait cela ?

Scully mit la main en visière au-dessus de ses yeux.

— Mulder, appela-t-elle. Je crois qu'il y a quelque chose dedans. Tu vois la forme sombre à l'intérieur ?

Moore se rapprocha.

— Je ne vois rien, fit-il.

Mulder se tourna vers sa partenaire.

— Scully, tu veux aller jeter un coup d'œil ? Nous

sommes ici pour enquêter sur tout ce qui est suspect. Tu es la scientifique de service.

Dana adorait les petits mystères de la nature.

— Bonne idée, sourit-elle, mais comment est-ce que je vais monter là-haut ?

Moore commença à sortir une corde de son sac.

— Pas de problème, agent Scully. Je vais vous faire un harnais. On va jeter la corde par-dessus la branche, là, et vous hisser. Ensuite, vous pourrez ouvrir ce... cocon. Mulder a raison, vous êtes la personne idéale pour ce job, de plus, vous êtes la plus légère. La branche n'aura aucun mal à supporter votre poids.

Scully ne put s'empêcher de commenter :

— Je vois ! les femmes et les enfants d'abord. Bien, au moins je n'aurai pas acheté mon couteau de chasse pour rien.

Elle regarda l'arme qui pendait à sa ceinture, glissée dans son étui.

Moore fit le harnais en un rien de temps. Le résultat n'était pas très confortable, mais il fallait faire avec. Moore passa la corde autour de la taille de Dana, puis sous ses aisselles. Ensuite, il balança l'autre extrémité par-dessus la branche.

Il commença à tirer avec l'aide de Mulder. Scully s'éleva lentement dans les airs.

La première réaction de Dana fut l'amusement. Mais son expression changea au fur et à mesure qu'elle se rapprochait du sac. On aurait vraiment dit un cocon. La surface était grisâtre, luisante et composée d'un fil d'apparence gluante. Scully commença à se demander quel animal avait bien pu construire un objet de cette taille. Mais elle aperçut quelque chose qui retint son attention. Elle n'aimait pas du tout ce qu'elle voyait à l'intérieur. La forme se précisait.

— Tu peux l'atteindre ? demanda Mulder depuis le sol.

— Je serais mieux si j'étais un peu plus haut.

Les deux hommes tirèrent ensemble, et Scully se retrouva juste à la hauteur de l'objet. Elle tendit le bras et commença à tailler la partie qui retenait le cocon à la branche.

Elle s'arrêta soudain.

Son estomac se noua.

Quelque chose glissait lentement hors de l'ouverture qu'elle venait de faire.

Un doigt humain à demi momifié.

— Tu vois quelque chose ? cria Mulder.

Elle mit un instant à recouvrer son calme.

— Oui, je vois... quelque chose.

— Qu'est-ce que c'est ?

Dana fit un effort pour répondre posément.

— Il faut que je regarde mieux.

Elle sentit qu'on tirait sur la corde pour la faire monter encore de quelques centimètres.

Elle se rapprocha de l'ouverture.

Elle passa la main dans le cocon et tira pour l'ouvrir.

Deux orbites humaines la regardaient.

Dana était face à face avec le crâne d'un homme.

— Alors, raconte ! insista Mulder.

— Regarde toi-même ! rétorqua Scully.

Elle finit de couper l'attache du cocon qui tomba

lourdement au sol juste aux pieds des deux hommes.

Le temps qu'elle redescende et retire son harnais, Moore avait ouvert le mystérieux objet avec son couteau.

— Ô mon Dieu, murmura-t-elle.

Le cocon contenait un corps humain. Il était de la taille de celui d'un bébé, recroquevillé dans une position fœtale. Mais ce n'était pas le corps d'un enfant. Cet être avait été momifié, vidé de ses fluides, rétrécit comme une orange dont on aurait extrait le jus.

Mais qui était cette personne, et depuis combien de temps gisait-elle ainsi dans les airs, accrochée à une branche ?

— Voilà un travail pour toi, Scully, fit Mulder. Les autopsies sont ta spécialité, non ?

Dana serra les dents. Elle était effectivement médecin légiste et avait plusieurs diplômes scientifiques. Cela faisait longtemps qu'elle avait arrêté de compter les cadavres qu'elle avait étudiés.

Elle commença à examiner le corps tout en faisant ses remarques à voix haute, comme elle pratiquait au labo.

— Le corps est sec et dur, presque momifié.

— Embaumé ? suggéra Moore.

— Il semble que toutes les substances liquides contenues dans les cellules du corps aient été extraites. Le corps est recroquevillé sur lui-même. (Elle se pencha pour mieux voir.) Il s'agit apparemment d'un homme adulte.

Pendant qu'elle s'occupait du cadavre, Moore examinait l'étrange sac.

— Je dirais que c'est un nid d'araignée, fit-il, en tout cas, c'est bien un truc du genre cocon.

Scully fronça les sourcils et le regarda.

— Mais comment un insecte aurait-il pu hisser un homme en haut de cet arbre ?

Ils regardèrent tous la branche, en silence.

CHAPITRE 6

Humphreys était seul dans le camp désert. Il sifflotait, fier d'avoir presque remis le générateur en état de marche.

Il était content de pouvoir, une fois de plus, rendre service à la compagnie de scieries Schiff-Immergut.

Schiff-Immergut avait fait beaucoup pour lui. C'était la compagnie qui l'avait embauché à sa sortie de l'école. Il avait été promu petit à petit, régulièrement, tous les ans. Humphreys avait ainsi pu se payer sa maison et envoyer ses enfants au collège. Il avait une bonne assurance maladie et savait que sa retraite était assurée. Humphreys devait tout à Schiff-Immergut, et faisait toujours de son mieux dans son travail. C'était sa façon d'être reconnaissant.

Il était en train d'ajuster une bougie neuve lorsqu'il entendit un bruit derrière lui. En tant que chef de la sécurité, il avait l'oreille exercée.

Il bondit, attrapa son fusil, et se redressa pour voir qui était là.

Homme, grizzly... Humphreys était prêt à tout. Son arme était chargée.

La porte de la cabane se ferma soudain. Il y avait quelqu'un ou quelque chose à l'intérieur! Humphreys mit le doigt sur la détente et avança.

Il ouvrit la porte d'un coup de pied.

Un grand type vêtu de lambeaux de vêtements se tenait devant la table, dos à la porte. On aurait dit qu'il n'avait pas entendu la porte s'ouvrir sous la ruade de Humphreys.

L'inconnu était trop occupé à saisir dans les assiettes des restes de nourriture moisie et à les manger.

— Les mains en l'air! Retourne-toi lentement!

Le type prit le temps d'avaler une dernière bouchée, puis, lentement, obéit.

Il avait les cheveux longs et ébouriffés. Sa barbe était sale.

Humphreys jura.

— Doug Spinney! Je devrais te tuer...

Spinney n'avait pas l'air effrayé le moins du monde.

— Tire-toi aussi une balle dans la tête pendant que tu y es, vieux, sourit-il.

— Je n'ai pas envie de rire. Allez, parle! Où sont mes hommes? Qu'est-ce qui leur est arrivé?

— Quels hommes?

— Les hommes qui travaillaient dans ce campement.

Le chef de la sécurité était prêt à appuyer sur la détente.

Spinney haussa les épaules.

— Je ne sais pas ce qui leur est arrivé, mais je peux essayer de deviner.

Humphreys leva son arme et le visa entre les deux yeux.

— De quoi parles-tu ?

Spinney renifla bruyamment en regardant l'arme.

— Il va nous arriver la même chose dès que le soleil sera couché, mec. Tu verras bien, le moment venu.

Soudain une voix appela :

— Qu'est-ce qui se passe, ici?

C'était Mulder. Il se tenait sur le pas de la porte. Scully et Moore étaient juste derrière lui.

Humphreys jura et abaissa lentement son fusil.

— Cet animal s'appelle Doug Spinney, fit-il. C'est un des Démolisseurs, c'est lui qui a tout cassé ici. C'est aussi un assassin, et si je ne me retenais pas, je lui ferais payer ses crimes immédiatement!

Scully s'avança. Elle reconnaissait Spinney, c'était bien lui. Elle l'avait vu sur la photo que lui avait montrée Mulder. Mais où était son associé, le nommé Teague?

— Je ne suis pas un assassin, protesta Spinney.

Humphreys pointa de nouveau son arme vers lui.

— Sale petit menteur!

Mulder mit la main sur le canon de l'arme et la baissa lentement.

— Nous sommes des enquêteurs, pas des bourreaux. Ecoutons donc ce que M. Spinney a à nous raconter.

L'intéressé secoua la tête.

— Ouais, eh bien, si on continue de papoter

comme ça, on va tous crever. On ferait mieux de mettre le générateur en marche. La nuit est notre ennemie.

— Qu'est-ce que tu inventes encore ? jura Humphreys.

Spinney ne le regarda même pas.

— Qui est-ce qui vient m'aider ?

Sans attendre la réponse, il se dirigea vers la porte et sortit sans se préoccuper du chef de la sécurité qui avait une fois de plus pointé son arme vers lui.

Humphreys le regarda passer, bouche bée. Ce n'était pas tous les jours qu'on se moquait ainsi de lui... et de son flingue !

Il allait emboîter le pas à Spinney, mais Mulder l'arrêta.

— Un instant, cher ami. Je veux entendre sa version des faits, O.K. ?

— Vous allez le laisser s'occuper du générateur ? Merde ! C'est moi qui l'ai réparé, réparé parce que lui et sa bande de dingues l'ont foutu en pièces !

Mulder était parfaitement calme.

— C'est lui qui a démonté le puzzle, rétorqua-t-il. C'est donc lui le plus à même de le remettre en état. Logique, non ? Allons l'aider.

Fox sortit. Humphreys se tourna vers Dana.

Elle lui sourit.

— L'agent Mulder a souvent raison pour ce genre de choses.

En désespoir de cause, le chef de la sécurité regarda Moore.

Celui-ci secoua la tête.

— Allons-y, Humphreys. Je ne veux pas laisser

nos amis du F.B.I. seuls avec Spinney. Il est trop beau parleur. Il est capable de vendre sa version des faits à n'importe qui, de convaincre n'importe quel citadin que sa vision de la vie dans la nature est la seule valable.

Ils trouvèrent Spinney à l'extérieur, en train de soulever un jerrican de dix litres d'essence.

— Tu vas mettre du sucre dedans, ricana Humphreys, ou est-ce que tu vas juste te contenter de foutre le feu au camp ?

— Un bon conseil, Humphreys, ferme ta grande gueule et ouvre tes oreilles et tes yeux !

Il commença à remplir le réservoir du générateur. Mulder le regardait faire.

— Que vouliez-vous dire par « la nuit est notre ennemie » ? demanda-t-il.

Spinney ne se retourna pas pour répondre.

— Parce que c'est la nuit qu'ils viennent.

— Qui ça ?

Spinney finit de remplir le réservoir, posa le bidon au sol et le reboucha.

— Ils viennent du ciel. Ils peuvent dévorer un homme vivant, je les ai vus faire.

— Vous avez vu quelqu'un être dévoré vivant ? fit Mulder.

Spinney regardait fixement le générateur.

— Pourvu que cet engin marche...

Il tira d'un coup sec sur le fil qui servait à amorcer le contact.

Scully observait la scène. Elle avait, sans savoir pourquoi, également très envie que ce générateur fonctionne.

La nuit dans la forêt allait être totale.

Et Dana Scully allait bientôt découvrir que la lumière pouvait être la chose la plus précieuse du monde dans un endroit comme celui-ci.

Du moins pour ceux qui veulent rester en vie.

CHAPITRE 7

Le générateur toussa, cracha puis, au bout de deux essais, finit par accepter de se mettre en marche.

Scully s'épongea le front avec son mouchoir. Elle avait eu plus peur qu'elle ne l'aurait imaginé.

— Faut que je bouffe, annonça Spinney. Ça fait trois jours que je n'ai pas mangé.

Sans ajouter un mot, il retourna vers la cabane.

Humphreys s'approcha des autres.

— Ce type nous prend vraiment pour des abrutis. Comment peut-il penser une seule seconde que nous allons avaler ses salades à la con ?

Personne ne répondit.

— Eh bien, continua Humphreys, qu'est-ce qui vous arrive ? Je vous affirme que Spinney ne dit jamais la vérité, le mensonge est devenu une seconde nature chez lui.

— Nous avons trouvé quelque chose en forêt, dit Scully à voix basse.

— Quoi ?

Moore répondit :

— Un corps humain pris dans une espèce de cocon.

— Dans un quoi ?

— Un genre de cocon, rétorqua Mulder.

Moore baissa les yeux.

— Je n'avais jamais rien vu de semblable.

— Il faut que nous découvrions exactement ce dont il s'agit, ajouta Scully.

Mulder fit signe qu'il était d'accord.

— Et il faut que nous posions des questions à notre cher ami M. Spinney.

Scully regarda la petite maison. La lumière était allumée à l'intérieur.

— Au moins nous ne passerons pas la nuit dans le noir, soupira-t-elle.

— Ce qui est intéressant, murmura Mulder, c'est que la première chose que Spinney a faite en arrivant ici, c'est de s'occuper de la lumière. On dirait que cela était plus important pour lui que la nourriture.

Ils se rendirent à l'intérieur de la cabane. Le leader écologiste avait déjà englouti les restes de nourriture moisie collés dans les assiettes et était en train d'attaquer des boîtes de haricots.

Il regarda Humphreys et lui sourit d'un air cynique.

— Qu'est-ce que tu as, le gros ? ricana-t-il, tu vas me faire un procès parce que je me tape de la nourriture qui appartient à ta chère scierie ? Crois-moi, mec, Schiff-Immergut a vraiment d'autres problèmes en ce moment, et nous aussi !

— Parle pour toi, rétorqua le chef de la sécurité. C'est toi, connard, qui vas avoir des ennuis.

Spinney hocha la tête.

— Quand nous serons de retour dans le cœur de notre chère civilisation ? Ce n'est pas cette idée qui va m'empêcher de dormir en ce moment.

Il enfourna une bouchée de corned-beef.

Mulder s'assit en face de lui.

— J'aimerais vous poser quelques questions, monsieur Spinney.

— Je vais vous faire du thé, proposa Scully. La nuit va être longue.

— Ouais, marmonna l'écolo tout en mâchant, vachement longue, vous pouvez pas savoir...

Moore s'assit à côté de lui. Humphreys resta debout, le fusil à la main.

— Qu'est-ce qui vous est arrivé ? demanda Mulder.

Spinney prit son temps avant de répondre. Il passa le doigt dans la boîte de haricots, rota bruyamment et commença à ouvrir un autre corned-beef.

— Notre campement se trouve à trois vallées d'ici, finit-il enfin par dire. On était quatre. Maintenant on est trois, depuis hier soir.

Humphreys cracha par terre.

— Pas étonnant que ça pue, ici, s'écria-t-il, il y a plein de putois dans les bois !

Spinney soupira.

— Y a pire que des putois, mec, crois-moi. (Il se tourna de nouveau vers Mulder.) La batterie de notre Jeep était à plat. On a tiré à la courte paille pour savoir lequel de nous viendrait ici pour en piquer une aux bûcherons.

Humphreys ouvrit la bouche, mais Fox le fusilla du regard, et il se tut.

— Pourquoi n'avez-vous pas traversé la forêt jusqu'à la route ? demanda-t-il.

— Il faudrait plus d'une journée de marche pour ça, agent Mulder, sourit Spinney. Et personne ne veut aller en forêt la nuit, pas après ce qui est arrivé à Teague.

— Est-ce que Teague est... la personne que vous avez vue être dévorée vivante ? demanda Scully en lui versant une tasse de thé.

Spinney changea d'expression et repoussa son assiette. Il venait de perdre tout appétit. Ce qu'il avait vu devait vraiment être horrible.

Mulder décida de meubler le silence.

— Qu'est-ce que vous faites exactement, dans votre vallée ?

L'écologiste fit la grimace.

— Du camping.

Humphreys grogna.

— Bien entendu, du camping. Vous allez faire de la tôle, Spinney ! Du camping...

Fox lui fit signe de la fermer.

— Une petite seconde, vous voulez bien ?

Mais Moore se rangea du côté du chef de la sécurité.

— Il a raison, agent Mulder. Cet homme est un criminel et devrait déjà être en état d'arrestation.

Spinney éclata de rire.

— Nos gueules sont sur des tas d'avis de recherche, je sais. Mais vous et vos potes, Humphreys, quels sont vos crimes ? Vos crimes envers la nature, hein ?

— Ce que nous faisons est parfaitement légal, nous payons les Eaux et Forêts pour avoir le droit d'abattre ces arbres, et nous...

L'écologiste ne le laissa pas finir sa phrase :

— J'ai des nouvelles fraîches pour vous, vieux ! Vos bûcherons prenaient ce qu'aucun homme n'a le droit de prendre ! Les arbres de cette forêt sont âgés de centaines, voire de milliers d'années. Il y a ici des arbres qui sont marqués, des séquoias que les représentants de la loi sont supposés protéger. Seulement les Freddies ne sont jamais dans le coin pour ça ! Ou s'ils traînent par là, ils ferment les yeux. Alors ne venez pas me parler de ce qui est légal et de ce qui ne l'est pas, O.K. ?

Moore se pencha vers lui.

— Est-ce que vous êtes en train de nous dire que les bûcherons de la Schiff-Immergut ont abattu des arbres protégés ?

— Tu parles ! Ils ne se gênaient pas. Des arbres marqués en orange par vos collègues ! Et orange veut dire « *interdiction absolue de couper* ». Ou est-ce que je me trompe, monsieur le Freddy ? Est-ce que votre service s'intéresserait maintenant plus au vert des billets de cent dollars qu'au vert de la forêt ?

Moore rougit. Il pivota vers Humphreys.

— Steve, vous avez entendu parler de cela ? Des arbres interdits seraient abattus par vos gars ?

— Impossible.

Moore le regarda dans les yeux.

Le chef de la sécurité jura.

— La parole de ce salaud contre la mienne, et c'est lui que vous croyez ?

Moore ne répondit pas, mais son silence était éloquent.

Humphreys se leva.

— Je n'ai pas l'intention de rester ici pour me faire insulter !

Il se dirigea vers la porte.

Spinney le regarda s'éloigner en souriant d'un air diabolique.

— Ne sors pas dans la forêt la nuit, cria-t-il. Crois-moi, le gros, ils sont là !

Humphreys s'arrêta et se retourna.

— Quoi ? Si je sors là, dehors, un monstre va me sauter dessus, me manger tout cru puis me rouler dans une toile d'araignée géante ? C'est ça, Spinney ?

— Exactement, mec.

Humphreys secoua la tête.

— Je vois, et ce monstre est trop poli pour venir me bouffer à l'intérieur de la cabane ?

— Ils n'aiment pas la lumière, ne me demandez pas pourquoi, répondit l'écolo d'un ton calme et posé.

Le chef de la sécurité prit un air étonné.

— Peur de la lumière ?

— Attends, Steve, fit Moore, il a peut-être en partie raison.

Humphreys le regarda, interloqué.

— Tu sais ce que je pense ? Je pense que ce Spinney est simplement un menteur et un assassin. Je crois qu'il est suffisamment malin pour pouvoir inventer une jolie petite histoire pour nous embrouiller. Je parie même que c'est lui et sa bande de Démolisseurs qui ont fabriqué ce cocon dont vous me rebattez les oreilles ! Et je vais vous prouver que j'ai raison.

Il ouvrit la porte à la volée.

Et sortit, dans la nuit.

Il tenait son arme à la main.

Spinney secoua la tête d'un air navré.

— Ne venez pas me dire que je ne l'ai pas prévenu !

Mulder et Scully allèrent voir ce qui se passait dehors, suivis par Moore et par l'écologiste.

Soudain, Dana remarqua un étrange grésillement. On aurait dit un essaim d'insectes.

— Qu'est-ce que c'est que ce bruit ?

— C'est un piège à moustiques, fit Mulder en lui indiquant une grosse lampe bleue qui pendait à l'extérieur de la cabane. Tu vois, cette lumière attire les insectes, et ils grillent en s'en approchant. On dirait qu'il y en a beaucoup qui se font prendre au piège, ce soir.

— Il y a toujours beaucoup de bestioles dans les bois, murmura Scully pour se rassurer.

Spinney ricanna.

— Il y a des milliers d'insectes différents. Tous font partie du grand plan, de l'équilibre mis au point par la nature. Et nous déstabilisons cet équilibre en tuant ces insectes. Tout ce que nous faisons dans cette région va à l'encontre de ce que veut la nature.

Le bruit s'arrêta aussi subitement qu'il avait commencé.

La nuit était maintenant totalement silencieuse.

Et soudain, la voix moqueuse de Humphreys s'éleva :

— Allez, le monstre ! Viens me chercher, si t'es un homme !

CHAPITRE 8

Le lendemain matin, lorsque le jour se leva, Humphreys était encore en train de râler. Tout le monde s'était installé à la longue table pour le petit déjeuner. Moore avait fait du café et préparé des tartines de pain qu'il distribuait.

— Alors, Spinney, continuait Humphreys, le méchant croque-mitaine n'est pas venu me manger. J'ai même pas rencontré le grand méchant loup. Je me demande bien pourquoi.

Spinney se tordit la bouche d'un air dégoûté.

— Vous savez, le gros, j'en ai vu des machos comme vous, au Viêt-nam. Ils partaient patrouiller de nuit dans la jungle. Le lendemain ils revenaient en riant : « *Ouais, facile, une vraie balade !* » Et puis un jour ils ne revenaient pas. Alors on allait voir ce qui s'était passé, et on les renvoyait au pays dans un sac avec une étiquette.

Moore avait l'air surpris.

— Vous avez fait le Viêt-nam ?

— Oh, que oui ! j'y étais. Comme un pauvre con. Je faisais partie des équipes chargées de déverser le poison sur la jungle, l'« agent orange ». Et puis je me suis rendu compte de ce que je faisais aux arbres, et aux gens. Alors je me suis juré de réparer mes erreurs. J'ai décidé, ce jour-là, que je défendrais la terre, au péril de ma vie s'il le fallait.

— J'étais au Viêt-nam également, fit Moore. J'en suis fier. J'ai combattu pour ma patrie, pour défendre notre style de vie, préserver ses lois, exactement ce que je continue de faire aujourd'hui.

— O.K., fit Spinney, tu sers ton pays, mec, et je sers le mien.

— Nous servons le même pays.

— C'est ce que vous dites, chez les Freddies.

— C'est la vérité.

Scully écoutait en silence les deux hommes discuter. Elle n'était qu'une petite fille lorsque la guerre du Viêt-nam s'était terminée. Mais pour les vétérans, la guerre ne s'était jamais arrêtée, elle continuait dans leur esprit, elle les hantait.

Mulder toussota.

— Si nous oubliions un peu le Viêt-nam et que nous nous préoccupions plutôt de la guerre que nous menons aujourd'hui ? Nous sommes tous confrontés au même ennemi. Je propose que nous organisions une patrouille en forêt pour voir si nous trouvons des traces des trente disparus. Il faut que nous découvrions ce qui leur est arrivé pendant que le soleil est encore haut dans le ciel.

Humphreys frappa du poing sur la table.

— Et moi je dis que nous avons assez perdu de temps comme ça ! Je dis qu'il n'y a rien dans cette putain de forêt à part les arbres. C'est ce malade qui est responsable de tout. Pour lui, un arbre a plus de valeur qu'une vie humaine ! Je vais m'occuper personnellement de le faire inculper pour meurtre.

Il se tourna vers Moore.

— Allez, Larry, viens avec moi. Nous allons ramener ce salopard jusqu'à la ville à coups de botte dans le train !

Moore ne semblait pas partager son enthousiasme :

— J'ai besoin d'avoir plus de preuves avant d'agir. Je veux également jeter un coup d'œil aux arbres que tes hommes ont coupés. Il faut que je sache s'ils ont respecté les marques.

Spinney intervint :

— Vous voulez voir un arbre marqué en orange couché sur le sol ? Je vais vous en montrer un. Mais je vous préviens, ça va vous faire comme un choc !

— Ce type ment comme il respire, grogna le chef de la sécurité. Ne l'écoute pas, Moore !

— Je vais vous montrer ce dont je parle, protesta l'écologiste. Si vous ne me croyez pas, peut-être croirez-vous vos propres yeux.

Tout le monde se leva pour le suivre hors du camp.

— Il vous mène en bateau ! leur cria Humphreys. Bande d'imbéciles !

Spinney connaissait parfaitement ce secteur de la forêt, et savait de toute évidence exactement où il emmenait ses compagnons.

— Nous y voilà, regardez-moi ça.

— Mon Dieu, bredouilla Scully, je n'ai jamais vu un arbre de cette taille!

L'arbre qui gisait sur le sol mesurait au moins cinquante mètres de long. Son tronc avait un diamètre de plus de quatre mètres.

— Ce séquoia se dressait ici depuis la nuit des temps. Et un jour, une bande de tarés est venue ici et l'a abattu en cinq minutes.

Spinney souriait tristement. Mulder et Scully firent le tour du géant pour mieux l'examiner. Ils n'avaient jamais rien vu de tel.

Moore s'était accroupi près de la souche et passa le doigt sur une marque faite à la peinture orange indélébile.

— Qui est-ce qui marque les arbres? demanda Dana.

— Le service des Eaux et Forêts, répondit Moore. Seuls les arbres portant un « X » bleu peuvent être abattus.

— Ça doit en faire des planches, un arbre aussi gigantesque.

— Oui, agent Scully, répondit Spinney. Des milliers de planches géantes! C'est tellement plus facile d'abattre un arbre comme celui-ci plutôt qu'une dizaine de petits. Ça revient moins cher aussi. Les scieries font des économies.

Humphreys les avait suivis de loin. Il lança :

— Arrête ton numéro, Spinney, tu vas me faire pleurer! Tout le monde sait que toi et tes hommes avez déjà marqué en orange des centaines d'arbres, histoire de nous embrouiller.

Moore regardait fixement le « X » orange. Il serrait les dents comme pour contrôler sa colère.

— Cet arbre avait plus de cinq cents ans !

Mulder indiqua soudain quelque chose dans la souche.

— Hé, regardez ça !

Tout le monde se pencha pour mieux voir. Fox passa le doigt sur les cercles qui composaient la souche. Il y avait vers le centre un anneau verdâtre tirant sur le jaune.

— A quoi correspond-il ?

— Aucune idée, agent Mulder, répondit Moore. Je n'ai jamais vu cela auparavant.

Dana s'agenouilla près d'eux.

— Si je ne me trompe, dit-elle, les cercles qui se trouvent au centre sont les plus vieux, non ?

— Exact. A chaque saison de croissance de l'arbre correspond un anneau. On peut compter ces cercles et connaître ainsi l'âge de l'arbre. Avec l'équipement adéquat, il est également possible d'analyser les strates pour connaître le temps qu'il faisait en telle ou telle année. Mais pour ce qui est de cet anneau jaunâtre, il va falloir que je prélève un échantillon.

— Je suis désolé d'interrompre votre petite balade écologique, fit soudain Humphreys, mais je croyais que nous étions ici afin de découvrir ce qui était arrivé à mes trente bûcherons.

— C'est dans ce but que nous étudions cet arbre, rétorqua Scully.

— Vous feriez mieux de regarder ce salaud ! C'est Spinney le coupable, lui et sa bande ! Cet arbre n'a rien à voir avec la disparition de mes hommes !

— Spinney n'est pas coupable, annonça calmement Mulder.

Le chef de la sécurité mit le doigt sur la détente de son arme.

— Et moi je vous dis que si ! Soit vous l'arrêtez tout de suite, soit je vais être obligé de le faire moi-même !

— Rien ne presse. Où voudriez-vous que Spinney aille ?

— Il n'ira nulle part tant que je pointe mon flingue sur lui. Mais que ferez-vous, monsieur F.B.I., si ses petits copains rappliquent et vous tombent dessus pendant que vous jouez au botaniste ? Moore, tu te souviens de tes deux collègues, ceux qui ont également disparu ? Tu ne veux pas savoir ce qui leur est arrivé ?

Moore répondit sans le regarder :

— Steve, il faut que je prélève un échantillon.

Mais Humphreys n'en avait pas fini :

— Il y a des femmes et des enfants, en ville, qui attendent des nouvelles ! Qu'est-ce que tu veux que je leur dise, Larry ? Que leur papa a disparu mais qu'on n'a pas le temps de le rechercher parce qu'on a découvert une trace jaunâtre dans un arbre ? Il y a eu meurtre, ici. Et j'exige que nous enquêtions sur cela, et non pas sur ce... bout de bois !

Spinney mit les mains dans les poches.

— Cet arbre aussi a été assassiné. Il mérite qu'on fasse une enquête sur les circonstances de sa mort.

Le chef de la sécurité commença à faiblir.

— Allez, les gars ! insista-t-il. Vous n'allez pas laisser cet assassin vous mener par le bout du nez ?

Personne ne répondit. Personne ne le regarda.

Humphreys jura.

— Vous n'avez vraiment rien dans la tête et rien dans la culotte !

Il s'éloigna au soulagement de tous.

— Où vas-tu, Steve ? appela tout de même Moore.

— Je retourne à pied jusqu'à ta voiture ! Il faut que je fasse tout, ici. C'est comme à l'usine. Je vais ramener des gens qui sont vraiment qualifiés pour ce genre de boulot.

— Steve, reviens !

Spinney tira Moore par la manche.

— Laissez-le faire. Il va découvrir la vérité tout seul... dès que la nuit viendra.

CHAPITRE 9

Les pas de Humphreys résonnaient dans la forêt. Il disparut progressivement au milieu des arbres sous le regard de Dana.

Moore se tourna de nouveau vers la souche de l'arbre.

— Voyons ce qu'on peut faire... avant le coucher du soleil, dit-il. Je vais prendre un échantillon. Nous aurons tout le temps de l'analyser une fois de retour à la cabane.

— Bonne idée, fit Mulder. Cet anneau jaune pourrait apporter des réponses à nos questions.

Scully soupira.

— J'espère bien. Jusqu'ici, nous n'avons trouvé que des questions, ça ferait moche dans mon rapport !

Spinney jura.

— Vous êtes vraiment incroyables ! Pourquoi ne me croyez-vous pas ? Je vous ai dit ce que j'ai vu, non ? En tout cas, moi, je n'ai qu'une question : est-ce que nous avons assez d'essence pour faire marcher le générateur toute la nuit ?

Une fois de retour au camp, Spinney annonça à Fox :

— Je vais m'occuper du générateur et des jerricans.

— D'accord.

Tout le monde suivit Moore dans la petite maison. L'échantillon qu'il avait prélevé était de la taille d'un crayon. Il le posa sur la table et l'étudia en s'aidant d'une loupe.

— Bizarre.

Scully haussa un sourcil :

— Comment ça, « bizarre » ? Vous m'étonnez, où voyez-vous quelque chose de « bizarre » dans cette affaire ?

— Qu'avez-vous découvert ? demanda Mulder.

— L'anneau jaunâtre, il y a quelque chose de vivant dedans. Une espèce de petit insecte. Je ne comprends pas.

— Qu'est-ce qu'il y a d'extraordinaire à cela ? demanda Dana, redevenue sérieuse. Beaucoup d'insectes vivent dans les arbres, non ?

Moore secoua la tête.

— Exact, mais les insectes s'attaquent toujours aux parties vivantes des plantes, les feuilles, les jeunes branches.

Fox vint regarder par-dessus son épaule.

— Il s'agit peut-être d'un genre de termites.

— Non, les bestioles du genre termites ne s'enfoncent jamais aussi profond dans les séquoias. Mais jetez donc un coup d'œil, agent Mulder.

Fox prit la loupe.

Il vit tout de suite ce dont Moore parlait. Le bois

jauni grouillait de petites bêtes. On aurait dit des mites, elles étaient trop petites pour être visibles à l'œil nu. Mulder n'avait jamais rien vu de tel. Il regarda mieux. C'étaient des araignées miniatures.

— Peut-être que le bois dans cet anneau est différent, proposa-t-il. On dirait que ces bestioles sont en train de le bouffer. Dana, viens regarder. Tu es la scientifique de service, ici.

Il lui passa la loupe.

Elle regarda et secoua tout de suite la tête.

— Je n'ai jamais vu cela dans aucun livre. Moore, vous êtes un spécialiste des maladies des plantes. Vous ne voyez pas ce dont il peut s'agir ?

Moore avait l'air tout gêné.

— Aucune idée. On dirait effectivement des termites de par leur comportement. Mais je ne comprends pas comment elles ont atteint cette partie du bois, et je n'ai jamais vu cette espèce auparavant.

Mulder se tourna vers Dana, et elle vit dans ses yeux une lueur qu'elle ne connaissait que trop bien. *Je n'ai jamais vu cette espèce auparavant*. Fox venait de comprendre qu'il était sur son territoire, en plein paranormal, au-delà des limites de la science officielle.

— Peut-être que ces bestioles sont dans cet arbre depuis des centaines et des centaines d'années, dit-il.

Moore se gratta la tête.

— Je ne vois pas comment cela serait possible. Cette strate jaune se trouvait très près du cœur de l'arbre. Et le cœur d'un arbre est toujours sec, les racines n'approvisionnant en eau que les anneaux les plus à l'extérieur. Et justement, les insectes ont besoin d'eau.

— Du moins les insectes que nous connaissons, remarqua Fox.

Scully avait repris la loupe.

— On dirait que ces bêtes sont en train d'éclore, remarqua-t-elle. Peut-être qu'en prélevant cet échantillon, vous avez réveillé leur nid.

— Est-ce que ces bestioles seraient capables de construire un cocon ? demanda soudain une voix.

Ils se retournèrent tous. C'était Spinney qui se tenait sur le pas de la porte.

— Ecoutez-moi bien, mesdames et messieurs les représentants de la loi, sourit-il d'un air féroce. Je connais cette forêt, et je connais chaque arbre. Ce sont mes amis. Et je sais ce qui se passe, mais bien entendu personne ne s'intéresse à ce que je dis.

— Mais nous vous écoutons, rétorqua Moore.

— Moi, un Démolisseur sans foi ni loi ?

— Crachez le morceau, Spinney. Que savez-vous ? La nuit tombe, je n'ai pas envie de rire.

— Comme vous avez raison ! Mon copain Teague est mort juste après que cet arbre géant a été abattu. Et c'est à peu près au même moment que les bûcherons ont disparu.

Scully demanda :

— Vous voulez dire que ces insectes sont les responsables ?

— Ouais, si ça fait des milliers d'années qu'ils dorment là-dedans, ils doivent avoir drôlement faim, vous ne pensez pas ?

Dana échangea un regard inquiet avec Fox.

Spinney ricana.

— Humphreys va me manquer. Je me demande s'il fait toujours le fier-à-bras en ce moment...

A des kilomètres de là, Steve Humphreys était en train de passer en revue tous les jurons qu'il connaissait. Il était furieux.

Il avait atteint la route avant que la nuit n'arrive, mais déjà le ciel changeait et on sentait que le jour allait bientôt finir.

Le quatre-quatre était là où ils l'avaient laissé. Il regarda les deux pneus crevés. Impossible d'aller bien loin en roulant sur les jantes à nu. Mais cela lui ferait tout de même gagner quelques kilomètres. C'était toujours ça.

Il ouvrit la porte côté conducteur, balança son fusil sur le siège du passager et s'installa au volant.

Sa main chercha la clé sur le contact. Rien.

— Putain de merde...

Il regarda autour de lui, dans la boîte à gants. Rien.

A l'extérieur, la nuit tombait sur la forêt.

— Ah, voilà au moins quelque chose d'utile...

Humphreys venait de repérer une lampe de poche sous le siège.

Il dirigea le rai de sa lampe vers les bois. La nuit était noire. Pas question de s'aventurer dans la forêt avec cette minuscule source de lumière !

Par contre, il allait pouvoir essayer de trafiquer le contact afin de démarrer sans clé.

Humphreys se glissa comme il put sur le plancher de la voiture et commença à tripoter les fils, la torche entre les dents.

En tant que vétéran du Viêt-nam, il avait la prétention de pouvoir se sortir de toutes les situations. Il connaissait tous les trucs pour survivre en milieu hostile, et ce n'était pas cette connerie de bagnole qui allait lui résister ! Seuls les plus forts résistaient et survivaient, il l'avait appris. Et aujourd'hui, il allait montrer à ces agents du F.B.I. que Steve Humphreys était toujours dans la course.

— Du gâteau !

Il avait défait les fils sans problème. Son sourire s'agrandit lorsque, les mettant en contact, il fit apparaître des étincelles.

Le moteur cala, une fois, puis deux...

Mort.

Saloperie, se dit-il, il faisait humide dans cette forêt !

Il replaça les fils l'un contre l'autre.

Le moteur ronfla, puis se tut, une fois, deux fois, trois fois...

Puis le silence total.

Steve Humphreys sortit du quatre-quatre et alla soulever le capot. Il éclaira le moteur ; tout avait l'air au point. Peut-être que cela venait des bougies...

Hmmmmmmmmmmmmmmmmmmmmmmmm

Le bourdonnement venait de la forêt, de derrière lui.

Steve se redressa et dirigea sa lampe vers l'origine du son.

Les bois redevinrent silencieux.

Des arbres, partout, rien d'autre.

Il attrapa son fusil et fit sauter le cran de sûreté.

— Allez, les Démolisseurs ! cria-t-il, sortez de là ! Vous ne me faites pas peur, je sais ce que vous manigancez.

La seule réponse qu'il obtint fut un grésillement sourd. Le bruit devenait plus fort.

Soudain, Humphreys ouvrit des yeux ronds et la lampe torche lui tomba des mains.

Il ne se donna pas la peine de la ramasser. Il ne faisait plus nuit. La forêt autour de lui luisait d'un éclat vert fluorescent. Un nuage de lumière descendait vers lui depuis la cime des arbres.

Tandis qu'il regardait, la nuée se rapprochait, et il distingua soudain qu'elle était composée de petits éléments. On aurait dit un essaim.

Humphreys tira dans le nuage. Mais le bourdonnement continuait d'augmenter d'intensité. Il se précipita dans la voiture, claqua la portière, remonta la vitre, et attrapa les fils du contact.

— Démarre, saloperie, démarre !

Le moteur sembla entendre sa prière car, subitement, il se mit à tourner.

Le quatre-quatre démarra et avança par à-coups, comme un homme qui boite.

Humphreys regarda à l'extérieur. La nuée était tout autour de lui et se heurtait contre les vitres.

— Ce sont des insectes... murmura-t-il.

Tout luisait autour de la voiture. Mais il serait bientôt loin et hors de danger...

AAAAAAhhhhhhhhhh !

Il hurla dès qu'il sentit la première morsure sur sa main.

Les insectes entraient dans le véhicule par la gaine de ventilation !

Avant qu'il ait pu réagir, la voiture était remplie de bêtes microscopiques. Elles s'attaquèrent à toutes les parties exposées de sa peau : son visage, ses mains, son cou... Steve fit des mouvements désordonnés pour les chasser, mais en vain.

Les morsures étaient horriblement douloureuses. Il fallait qu'il sorte de là...

Humphreys appuya sur la poignée de la portière... Non ! Le véhicule se trouvait contre une grosse pierre, impossible d'en sortir ! Il était coincé.

Coincé.

Noooooooooooon !

Son dernier cri se mêla au grésillement qui emplit le bois.

CHAPITRE 10

La nuit tombait et les lumières restèrent allumées dans la cabane.

Scully était toujours en train d'étudier l'échantillon. Elle avait l'intention de trouver la solution du mystère toute seule.

Mulder, lui, buvait du thé et laissait ses idées vagabonder en bon adepte de la technique « *relax Max, et les réponses viendront toutes seules* ». Jusqu'ici il n'avait pas réussi à atteindre le but recherché.

Moore regardait par la fenêtre. Il était inquiet pour Humphreys. Il n'aimait pas le bonhomme, mais ils avaient travaillé ensemble des années, et avaient fini par devenir amis.

Spinney était le seul à sourire. On aurait dit que l'anxiété de Moore l'amusait au plus haut point.

— Humphreys devrait être de retour, répétait celui-ci. Je le connais bien. C'est un emmerdeur, mais il est réglo. Il ne nous laisserait jamais tomber.

— Pourquoi est-ce que tu vas pas voir ce qui lui est arrivé ? proposa Spinney.

Moore ne répondit pas.

L'écologiste haussa les épaules.

— D'un autre côté, pourquoi se faire du mouron ? Qu'est-ce qui pourrait bien arriver à un bon boy-scout comme lui, hein ? C'est un dur de dur qui n'a pas peur dans le noir.

Scully posa sa loupe, et annonça :

— Il se passe un phénomène étrange, les insectes ne bougent plus. Ils semblent dormir, à moins, bien entendu, qu'ils ne soient morts.

Spinney secoua la tête.

— Morts ? Ne rêvons pas. C'est simplement la lumière... ils n'aiment pas la lumière.

Scully fit la moue.

— La lumière ? Mais d'habitude, les insectes adorent la lumière.

— Ces bestioles n'ont rien de normal, répondit l'écolo. Vous n'avez pas encore compris ça ?

Pendant ce temps, Mulder s'était également remis au travail. Il avait repéré quelque chose des plus étranges.

Il passa le doigt sur le dessus du plan de travail de la kitchenette.

De la graisse, la même graisse que celle qu'ils avaient trouvée dans le frigo.

Il vérifia le reste de l'espace cuisine. De la graisse partout.

Soit les bûcherons avaient un cuisinier particulièrement crade, soit...

Mulder fronça les sourcils. Encore une question pour le moment sans réponse ! Il en faisait décidément collection. Mais toutes les réponses finiraient par venir. Il savait par expérience que tous les mystères étaient des puzzles. Il suffisait de mettre en place une première pièce pour que tout devienne soudain clair.

— Scully, appela-t-il, est-ce que tu sais beaucoup de choses sur les insectes ?

— J'ai toujours eu la meilleure note en biologie quand j'étais à l'école, mais cela remonte à loin.

— Dis-moi tout ce dont tu te souviens à leur sujet.

— Voyons voir... Les insectes sont un des maillons dans la chaîne de la vie. On pourrait même dire que ce sont les briques de la vie sur terre, ou le mortier. Ils sont si nombreux.

— Ils sont plus nombreux que les humains ?

— Tu veux rire ? Je crois qu'il y a environ deux cents millions d'insectes par personne, et c'est une estimation optimiste !

— Et cela fait longtemps qu'ils existent ?

Scully fit signe que oui.

— Les insectes existaient avant l'homme, et aussi avant les dinosaures. On considère qu'ils ont dû apparaître voilà environ six cents millions d'années. Pourquoi toutes ces questions ?

Mulder s'approcha de la table et regarda l'échantillon.

— Quel âge avait cet arbre ? Cinq cents ans, six cents, sept cents ?

Moore répondit le premier :

— Peut-être plus.

— Et vous avez dit que les anneaux qui composent le tronc peuvent nous indiquer les changements climatiques de chaque année ?

— Exact.

— Ce qui signifie qu'il s'est passé quelque chose d'inhabituel l'année durant laquelle s'est formée cette strate jaunâtre.

Moore hocha la tête.

— C'est une hypothèse raisonnable.

— Oui, mais que s'est-il passé de si extraordinaire cette année-là ? demanda Scully.

— Si je devais émettre une nouvelle hypothèse, dit Fox, je pencherais pour une éruption volcanique. Cette région est une montagne et ressent toujours les effets des activités telluriques. La chaîne va de Washington à l'Oregon. Vous vous souvenez de l'éruption du mont Saint Helens ? La montagne a simplement explosé un beau matin.

— Quel rapport avec ces insectes ?

— Rappelle-toi à Saint Helens, Scully, murmura Mulder en s'approchant. Durant l'éruption, des radiations ont été émises. Elles venaient du cœur même de la terre. De drôles de choses ont commencé à se produire.

— Quel genre de « drôles de choses » ?

— La nature se mit à produire des vrais monstres. Par exemple, dans un lac, on a découvert une amibe que personne n'avait jamais vue auparavant. Elle était capable de bouffer le cerveau d'un homme.

Scully haussa les sourcils.

— Ne me raconte pas comment on s'est aperçu de cela, je t'en prie ! Une amibe qui bouffe le cerveau ? Décidément, Mulder, tu es vraiment bizarre. Tu crois parfois à des histoires totalement débiles.

Mais Spinney intervint :

— Il dit la vérité, Scully. Ça se passait à Spirit Lake. Il ne s'agit pas « d'histoires », mais de faits documentés. Et vous avez raison de ne pas vouloir savoir ce qui est arrivé. Des gens se baignaient dans ce lac... les détails sont horribles.

Scully croisa les bras.

— O.K., je vous crois. Mais une amibe est une forme de vie composée d'une seule cellule. Elle peut muter fort rapidement. Les insectes sont bien plus complexes. Ce sont des êtres vivants très sophistiqués, faits de milliers et de milliers de cellules. Il faut des centaines d'années pour qu'un insecte puisse muter. Essaie une autre hypothèse, Mulder, celle-ci ne marche pas !

Fox ferma les yeux. Dana avait presque l'impression d'entendre son cerveau se mettre en marche et passer en vitesse turbo.

— S'il ne s'agit pas d'une mutation..., murmura-t-il. Voyons, et si c'était des œufs d'insecte que nous avons trouvés ? Des œufs vieux de millions d'années, des œufs qui étaient enterrés au plus profond de la terre et qu'une éruption volcanique auraient ramenés à la surface. Des œufs qui seraient remontés dans l'arbre par les racines et auraient dormi tranquillement jusqu'à ce que...

— Jusqu'à ce que ces connards abattent l'arbre, fit Spinney, qui avait compris où Mulder voulait en venir. Ouais, bon travail, monsieur F.B.I.

L'écologiste se tourna vers Moore et ajouta :

— Quelle bonne blague, hein ? C'est peut-être le truc le plus drôle que j'aie jamais entendu... si c'est vrai. On pourrait appeler ça de la justice naturelle.

Les bûcherons ont enfreint la loi de la nature, et la nature a libéré des êtres qui les ont tués.

Un silence.

— Et votre ami Humphreys a dû leur servir de dîner ce soir, conclut Spinney.

Moore ne répondit toujours pas.

— Nous risquons de tenir le rôle de dessert, insista l'écolo. Nous sommes en danger.

CHAPITRE 11

Le lendemain matin, Doug Spinney se réveilla en sursaut. Il venait d'avoir un cauchemar épouvantable : il voyait son ami Teague se faire dévorer par des insectes. Ses cris étaient horribles et résonnaient dans sa tête. Mais il ne pouvait réagir, il était paralysé, tout comme ses autres compagnons qui contemplaient la scène.

Spinney avait les yeux brillants de fièvre lorsqu'il se leva. Il s'essuya la figure et alla regarder par la fenêtre. Le jour s'était levé, les premières lueurs apparaissaient entre les arbres. Ils avaient réussi à survivre à la nuit ! Une nuit de plus...

Il regarda le plafond. La lampe était toujours allumée, le générateur avait tenu le coup.

Les autres dormaient. Ils n'avaient pas encore de cauchemars, mais cela viendrait.

Spinney se dirigea sur la pointe des pieds vers la sortie. Il referma doucement la porte derrière lui.

Dès qu'il fut dehors, il se dirigea au petit trot vers le générateur. L'engin fonctionnait toujours. Spinney ne le coupa pas. Cela aurait éteint les lampes de la cabane et sûrement réveillé ses compagnons d'infortune. Autant les laisser dormir le plus longtemps possible. Ils étaient cons, mais pas suffisamment pour ne pas penser à éteindre la lumière dès qu'ils ouvriraient un œil.

Il fallait que le générateur tienne la nuit prochaine.

Spinney prit le dernier jerrican et le secoua. Le « floc-floc » à l'intérieur lui indiqua qu'il restait peu d'essence. Est-ce que cela allait suffire ?

L'écologiste porta le bidon jusqu'à un des camions des bûcherons qu'il avait sabotés avec son gang. Il ouvrit le capot et prit une pince qui pendait à sa ceinture de jeans. Lentement, avec des gestes précis, il défit un boulon, celui qui maintenait la batterie en place.

Il raccrocha la pince à sa ceinture, puis tendit les deux bras pour prendre la batterie.

Clic.

Un bruit juste derrière lui, derrière sa tête. Spinney s'immobilisa. Il savait ce dont il s'agissait. Un revolver dont on soulève le cran de sûreté...

Il se retourna lentement.

Calibre .45, modèle spécial F.B.I.

Mulder ajusta le canon du flingue entre ses deux yeux et demanda :

— Vous alliez faire une petite balade ?

— Cool, Raoul ! sourit Spinney. Dis donc, mec, tu aurais fait des ravages au Viêt-nam ! Bon sang, je ne suis plus aussi rapide qu'avant. Dans le temps, j'avais des yeux dans le dos, je t'aurais entendu venir.

— Vos souvenirs sont passionnants. Vous devriez en faire un livre. Mais pour le moment, j'aimerais que vous répondiez à ma question : où alliez-vous ?

— Moi ? Pourquoi cette question ?

Spinney regardait autour de lui, cherchant un endroit où fuir. Mais Mulder ne le quittait pas des yeux. Il était capable de tirer, l'écologiste le sentait.

— Allez, Spinney, vous n'allez pas me raconter que vous aimez jouer au garagiste ? Le soleil vient de se lever. Je pense que vous aviez l'intention de nous fausser compagnie.

Spinney se passa la langue sur les lèvres. En temps normal, il aurait menti. Mais Fox Mulder n'était pas le genre de type à qui on la fait. Il avait l'air gentil et comme il faut. Mais sous son air respectable et calme d'agent du F.B.I., Spinney pouvait sentir autre chose, quelque chose de dur comme de la roche, une force sans pitié et terrifiante.

On ne mentait pas à un type comme ça.

— O.K., O.K., mec. Je vais cracher le morceau. J'allais chercher mes copains. Ils sont coincés dans la forêt et ils n'auront pas suffisamment d'essence pour faire marcher leur générateur plus de quatre heures la nuit prochaine. Six heures, au max. Ce sont des hommes morts si je ne vais pas leur porter ce bidon.

— Et nous ? Vous aviez l'air d'être très attaché à notre générateur. Changement de sentiment ?

— Je viens de le vérifier. Il tiendra le coup. J'ai

l'intention de sortir tout le monde du pétrin. D'emmener tout le monde loin de cette forêt.

Mulder sourit.

— Tout le monde ? C'est vraiment une intention touchante. Mais un détail me chagrine : comment comptez-vous faire ?

— Avec la batterie de ce camion. Elle marche encore. C'est la seule du camp qui fonctionne. Je le sais parce que c'est moi qui ai saboté les autres. Mais lorsque je me suis occupé de ce véhicule, la nuit tombait. Je n'ai pas eu le temps d'agir. J'ai juste foutu du riz dans le réservoir... du classique rapide, quoi.

— Honte à vous... ne pas saboter une vilaine batterie de bûcherons ! Vos amis n'ont pas dû vous le pardonner.

— Ecoute, mec, oublions le passé, O.K. ? Je vais payer pour ce que j'ai fait.

— Comment comptez-vous faire ça ?

Le revolver était pointé entre ses deux yeux.

— Mes potes et moi, on a une Jeep. Elle se trouve à deux vallées d'ici. Elle marche, y a que la batterie qui déconne. Si j'y vais maintenant, je peux être de retour demain matin, et vous avez assez d'essence pour faire marcher le générateur jusque-là. J'ai vérifié. On pourrait tous se tirer ensemble, du gâteau.

— Bon plan.

— Bon plan, ouais... Vous me croyez ?

— Je vous crois quand vous dites que le plan est bon, mais pourquoi faites-vous ces préparatifs en cachette ? Pourquoi ne pas nous réveiller pour nous faire part de votre idée géniale ?

Spinney soupira.

— A cause du Freddy, de Moore.

— Je ne vois pas le problème.

— Il ne voudra jamais me faire confiance, je ne pouvais pas risquer de lui dire ce que je comptais faire. Je ne travaille pas pour la scierie et je ne suis pas de son équipe. Pour ce Freddy, je suis un hors-la-loi, un salaud. Pourtant, je suis le seul dans le coin qui ne gagne pas sa vie sur le dos des autres ou de la nature.

— Vous insinuez que Moore touche des pots-de-vin ? De l'argent de la scierie ? Vous avez des preuves ?

Spinney éclata de rire.

— Baaaah ! J'ai jamais dit ça ! En fait, je pense que Moore a le sens de l'honneur, vous savez, cette idée conne qu'on vous inculque : on vous colle un uniforme, et vous êtes condamné à faire ce qu'on vous dit être le bien ! Des conneries !

— Et moi ? Pourquoi est-ce que je vous croirais ? Souvenez-vous que je suis du F.B.I.

— Vous êtes un « G-man », comme au bon vieux temps de Hoover. Mais vous êtes différent des autres. Vous avez l'esprit ouvert. Vous êtes même un peu bizarre, vous savez ça, mec ? En fait, je crois que vous avez le profil pour faire partie d'un groupe comme le nôtre, des francs-tireurs frapadingues !

Il changea d'expression et demanda :

— Hé, Mulder... est-ce que tu serais déjà des nôtres sans le savoir? hein?

Mulder dut faire un effort pour ne pas sourire.

— Je suis plus complexe que vous ne le pensez!

Son revolver était toujours pointé entre les yeux de l'écolo.

Spinney insista tout de même.

— Ecoute, mec, j'ai sûrement dû faire des trucs pas légaux, des trucs que tu trouves moches. J'ai pris des libertés avec les lois. Mais je fais tout ça pour une bonne cause. Je ne suis pas une ordure, mais un combattant de la paix. Je veux préserver la vie. Je n'ai jamais tué personne, pas depuis le Viêtnam en tout cas. J'ai eu ma dose d'horreur, là-bas. Je te demande simplement de me laisser vous sauver, toi, les autres, et mes copains. Il faut que tu me laisses partir!

— Et si je dis non?

— Tu sais ce qui se passera, tu n'as rien à perdre, bonhomme! Réfléchis. Qu'est-ce qui peut arriver, au pire?

— Vous pouvez foutre le camp avec notre essence. Cela réduirait nos chances de survie d'une façon assez... importante. Nous passerions de « *gros emmerdements* » à « *stade final* ».

— Il faut prendre le risque, monsieur F.B.I. La vie est faite de risques, c'est à toi de choisir.

Mulder se mordit la lèvre. Il hésitait.

Il pouvait se permettre de risquer sa propre vie.

Mais risquer celle des autres, celle de Scully, c'était un autre problème. Il n'avait pas le droit.

Spinney le gratifia d'un large sourire, révélant ses dents jaunes.

— Tu as ma parole de scout que je reviens, Mulder. Qu'est-ce que tu décides ?

CHAPITRE 12

Mulder n'avait pas envie de réfléchir à ce qu'il venait de faire. Il n'avait aucun élément pouvant lui permettre de savoir si Spinney allait se montrer digne de sa confiance ou non. Le bonhomme n'allait peut-être jamais revenir avec la Jeep.

Mais Mulder ne pouvait s'empêcher de repenser à tout cela, bien malgré lui.

Et il ne pouvait pas non plus s'empêcher de revoir l'image obsédante du cocon et du corps humain à demi momifié.

Combien d'autres cocons y avait-il dans la forêt ?

Fox recomptait mentalement les portés disparus : les bûcherons, une trentaine, qui s'étaient volatilisés il y avait à peine quelques semaines de cela ; les gardes chargés de les retrouver, et les coupeurs de bois d'il y avait cinquante ans, ceux qui travaillaient ici bien avant que des lois ne protègent certains arbres — ces hommes aussi avaient disparu inexplicablement. Combien de cocons, combien de victimes ? Au cours des années, les arbres géants étaient tombés au sol, abattus par la main de l'homme, et la nature s'était vengée. Les bûcherons avaient éveillé les esprits de la forêt. La colère de la terre s'était retournée contre eux.

Mulder bouillonnait intérieurement. Il fallait qu'il fasse quelque chose. Il ne pouvait par rester là, à attendre bêtement que Spinney revienne... ou ne revienne pas. Fox était d'un naturel énergique. Il fallait qu'il agisse.

Il trouva une trousse à outils dans un des camions. Dans la cabane, les autres commençaient à peine à se réveiller. Il les ignora et s'occupa silencieusement de la radio.

— Je ne savais pas que tu étais bricoleur, fit Scully en s'étirant comme un chat.

Mulder ne leva pas le nez de son travail pour lui répondre :

— J'aimais bien jouer avec les radios quand j'étais gamin, fit-il.

— Laisse-moi deviner pourquoi, sourit Dana. Tu essayais d'entrer en contact avec les petits hommes verts, c'est ça ?

C'était un petit jeu qu'ils pratiquaient souvent. Seule Dana connaissait la vérité : la sœur de Fox avait été kidnappée lorsqu'elle était enfant. Mulder avait assisté à la scène et était certain que c'étaient des êtres extraterrestres qui avaient enlevé sa sœur. Personne ne l'avait cru. On s'était moqué de lui. Mais il avait commencé à s'intéresser au paranormal, ce qui l'avait tout naturellement conduit à prendre en main les affaires non classées lorsqu'il était arrivé au F.B.I.

Dana était dans le secret et faisait semblant de ne

rien savoir. Elle le taquinait : Mulder et les petits hommes verts ! En fait, elle savait que ce sujet le touchait beaucoup. Ces petites blagues étaient une façon de lui rappeler qu'elle était là, et qu'il n'était pas seul face à l'inconnu.

— J'ai essayé, effectivement, soupira Mulder. Mais je n'ai jamais réussi à entrer en contact avec eux.

— Je m'en doutais.

Scully le regarda travailler. Elle savait qu'il n'abandonnerait pas avant d'avoir réussi. Il allait peut-être passer des jours sur cette radio — du moins s'il restait vivant suffisamment longtemps pour cela !

— Tu veux du thé ?

— Merci, Dana, oui.

Fox avait déjà démonté la radio. Il étala toutes les pièces devant lui et commença à tout remonter.

— Je voudrais bien du thé moi aussi, s'il vous plaît, fit Moore.

L'agent des Eaux et Forêts se leva et se massa la nuque. Il alla jusqu'au lavabo et s'aspergea la figure d'eau froide. Scully lui apporta une tasse.

— Merci. Qu'est-ce que votre équipier fabrique ?

— Il essaie de réparer la radio.

— Il perd son temps. Il va y passer la journée en vain.

— Dites-le-lui, mais ça ne servira à rien.

Moore haussa les épaules.

— Bah ! autant le laisser faire, on ne sait jamais. Je vais aussi me rendre utile : inspection du camp. Je veux m'assurer que le père Spinney n'est pas en train de nous préparer un tour à sa façon. En tout cas, une chose me rassure, il ne peut pas se sauver. Marrant, quand on y pense : un écolo qui se bat pour défendre les arbres et qui a une peur bleue de la forêt.

Moore venait tout juste de sortir de la cabane lorsque Mulder annonça :

— J'ai remonté la radio en un seul morceau.

Il mit deux fils en contact. La radio émit un craquement comme si elle revenait à la vie après un long sommeil.

— Est-ce qu'elle fonctionne ? demanda Dana avec une impatience non dissimulée.

— Si on veut. Mais elle ne peut plus rien recevoir. Le récepteur est complètement bousillé.

— Mais est-ce que nous pouvons transmettre ? Est-ce que nous pouvons envoyer un message ?

— Je vais essayer ça tout de suite.

Mulder attrapa le micro et tripota les boutons jusqu'à ce que les bruits dans le poste deviennent réguliers. Il parla alors d'une voix forte :

— Mayday mayday. Ceci est un appel au secours, est-ce que vous pouvez m'entendre ?

Rien, pas de réponse.

Fox haussa les épaules.

— Comme je viens de te le dire, nous ne pouvons pas recevoir. Il nous reste à espérer que quelqu'un va entendre ce message.

Scully fit une grimace.

— Je me souviens d'une blague qu'on nous racontait à l'école : quel bruit fait un arbre qui tombe dans la forêt lorsqu'il n'y a personne pour l'entendre ? Je crois que nous allons enfin découvrir la réponse à cette profonde question.

Fox parla de nouveau dans le micro.

— Ici l'agent spécial Mulder, je suis avec l'agent spécial Scully. Ceci est un appel d'urgence. Nous pensons être en présence d'une invasion d'insectes tueurs non répertoriés. Notre situation relève de la quarantaine. Notre position est...

Mulder prit la carte de la région que lui passa Dana.

Mais avant qu'il ait pu lire les chiffres, la radio émit un couinement grotesque et s'éteignit.

— Le générateur a dû lâcher, fit Scully.

Fox posa le micro.

— Allons voir ça de plus près.

Il prit son arme de service et ôta la sécurité.

Ils trouvèrent Moore près de la cabane abritant le générateur.

— Que se passe-t-il ?

Moore secoua la tête.

— J'ai arrêté le générateur.

Mulder trépigna :

— Remettez-le en marche, vite ! J'ai réussi à réparer la radio.

— Où est passé le jerrican d'essence ? demanda Moore.

Mulder avala sa salive et hésita.

— Spinney l'a pris.

L'agent des Eaux et Forêts ouvrit des yeux ronds.

— Spinney l'a pris ?

Il essaya de dire autre chose, mais n'en avait

apparemment pas la force. Il se contenta de regarder Fox.

— Oui, Spinney a pris le bidon ce matin de bonne heure, pendant que vous dormiez encore. Il a également emporté la batterie du camion.

Moore n'arrivait pas à encaisser le choc.

— Et il est parti ? Mais qu'est-ce que vous avez fait lorsque vous avez constaté qu'il avait fauché du matériel ?

Mulder serra les dents avant de répondre :

— Je l'ai laissé faire. Il va revenir nous chercher avec la Jeep des Démolisseurs, demain matin.

— Vraiment ? Et que vous a-t-il donné comme garantie ?

— Sa parole.

Moore demeura stupéfait.

— Sa quoi ? Sa parole ? Mulder, vous êtes inconscient ou simplement fou ? Cet homme est un menteur et un voleur professionnel ! C'est un roi du sabotage, un repris de justice. Vous avez mis nos vies en péril contre la parole d'un homme qui se moque ouvertement des lois, un homme qui m'a probablement tiré dessus... Vous avez vu l'impact de balle dans le pare-brise de ma voiture ?

— J'ai considéré que...

— ... je me fous de vos considérations, agent Mulder ! Vous êtes malade !

— Et qu'auriez-vous fait à ma place ?

Moore leva les bras au ciel.

— Je l'aurais arrêté, je l'aurais même abattu s'il le fallait !

— Mais son départ nous donne une chance supplémentaire de survie. C'est un plus par rapport à notre situation.

— Ou un moins !

Scully s'approcha, elle aurait bien voulu soutenir Mulder, mais elle était également abasourdie par ce qu'il avait fait.

— Que voulez-vous dire ? demanda-t-elle.

— Votre petit ami Mulder a laissé Spinney partir avec l'essence. Avec ce qui reste dans le générateur, nous n'arriverons pas à tenir la nuit, ou si nous y parvenons, ce sera un miracle !

— Et l'essence dans le réservoir des camions ?

Moore ricana.

— Puisque Spinney n'est pas là pour répondre à cette question, votre camarade Mulder va le faire. Allez, Mulder, parlez !

Fox regarda Dana.

— Les Démolisseurs ont percé les réservoirs ou les ont remplis de sable.

— Les Démolisseurs, fit Moore, ou plus exactement l'homme qui est parti avec notre jerrican !

Scully essaya de réfléchir.

— Il faut continuer d'essayer d'utiliser la radio, proposa-t-elle. Il faut diffuser des S.O.S. Avec un peu de chance, quelqu'un sera à l'écoute sur la fréquence de secours.

— Vous vous rendez compte que nous jouons notre vie sur ce coup-là ? rétorqua Moore. Chaque goutte d'essence que nous utilisons pour faire marcher cette putain de radio est une goutte de moins pour la lumière, pour cette nuit. Je ne veux pas me retrouver à deux heures du matin dans le noir, en train de prier le Ciel que quelqu'un ait entendu notre message.

— Que proposez-vous, Moore ?

Celui-ci lui sourit amèrement.

— Demandez conseil à votre partenaire. C'est lui qui a les idées géniales ici, pas moi !

Elle regarda Fox. Il fronça les sourcils.

— Quoi que nous fassions, il va falloir agir avant la tombée de la nuit.

CHAPITRE 13

— Il faut former le cercle, rendre la cabane étanche, annonça Mulder.

— Attends, tu veux dresser une forteresse contre des bêtes quasi microscopiques ?

— Non, Scully, je veux faire une forteresse contre la nuit. Nous ne savons pas grand-chose de notre ennemi, mais nous savons qu'il n'aime pas la lumière.

Moore jura.

— Nous nous battons contre l'invisible, contre un ennemi potentiellement invincible.

— Personne n'a jamais dit que la guerre était une partie de plaisir, sourit Mulder. Venez, il faut faire le tour du camp pour voir ce que nous pouvons utiliser. On peut dire ce qu'on veut de la civilisation occidentale, mais elle produit beaucoup de cochonneries qui peuvent se montrer utiles. Nous pourrons peut-être jouer les petits bricoleurs.

C'est Scully la première qui repéra quelque chose d'intéressant : une pile de vieux sacs en plastique.

Ils devaient contenir l'équipement des bûcherons pendant le transport.

— Pas mal, commenta Mulder, on va pouvoir se faire un petit nid douillet... quoique je ne sache pas si le mot « nid » est vraiment approprié, vu les circonstances.

Ils portèrent les plastiques à l'intérieur de la cabane. Dans un coin traînaient des clous et un marteau. Ils se mirent au travail, tapissant la cabane du sol au plafond.

— Surtout repérez bien les fissures, et bouchez-les ! ordonna Fox.

— J'ai l'impression d'être en train de singer notre ennemi, sourit Dana. Nous sommes en train de nous tisser un véritable cocon ! La différence, c'est que nous nous trouvons dedans.

— C'est le problème de toutes les défenses, rétorqua Mulder. Une forteresse est une protection, mais c'est aussi une prison. Cette maison va peut-être devenir le piège qui nous sera fatal.

— Il y a une chose que nous devons vérifier de toute urgence, fit Scully en attrapant une chaise.

Elle saisit l'unique ampoule qui éclairait la pièce, un objet couvert de poussière et qui pendouillait lamentablement au bout d'un fil électrique.

— Faites attention, cria Moore, nous n'en avons pas de rechange, j'ai vérifié ! Apparemment, la scierie économisait sur les bouts de chandelle, c'est le cas de le dire.

Dana fit signe qu'elle avait compris. Elle manipula l'ampoule avec autant de soin que s'il s'était agi d'un œuf.

— Dis, Mulder, appela-t-elle, tu connais ce nouveau type d'ampoule qui consomme moins et qu'on ne change que tous les sept ans ?

— Oui.

— Eh bien, celle-ci n'en est pas une ! Il n'y a même pas de marque dessus. En plus, le filament a l'air à demi grillé. J'espère que je me trompe.

Fox la regarda revisser l'ampoule et soupira :

— Nous le saurons bien assez tôt, Scully, bien assez tôt !

— Je vais au générateur, fit Moore.

— Faites vite, il ne faut pas que vous soyez dehors lorsque la nuit tombera.

— Je vais être rapide comme l'éclair.

Moore fut de retour en moins de cinq minutes. Il était essoufflé, et Mulder l'aida à refermer la porte et à la colmater avec le plastique.

Fox s'approcha du commutateur électrique.

— Le moment de vérité...

Tout le monde retint son souffle.

La lumière s'alluma.

Mulder regarda sa montre.

— Le soleil se lèvera dans dix heures.

— Entre la lumière et les sacs, nous devrions être capables de tenir, murmura Moore.

— A moins que...

Dana regarda son coéquipier.

— A moins que quoi ? De quoi parles-tu ?

— A moins que le destin ne nous réserve encore d'autres surprises.

Il s'allongea sur un des lits. Moore et Scully s'installèrent également.

— C'est marrant, sourit Dana, j'ai toujours détesté la télévision. Mais ce soir, je serais bien contente d'avoir un poste !

— Ça serait sûrement plus attrayant que de regarder cette ampoule, plaisanta Moore.

— Et plus musical que d'écouter le générateur, ajouta Fox.

On entendait effectivement le générateur ronronner dans le lointain.

— C'est un effet de mon imagination débordante, ou le son n'est pas régulier ? demanda Scully.

Moore soupira.

— Je n'ai pas pu faire mieux côté réglage, désolé. Mais le principal, c'est qu'il marche, non ?

— Pas besoin de l'entendre pour savoir s'il fonctionne ou pas, rétorqua Scully. Il suffit de regarder l'ampoule. Mon Dieu... elle n'arrête pas de clignoter... j'ai l'impression d'être sur une montagne russe.

— Ferme les yeux, suggéra Mulder.

La lumière faiblit. Scully sentit son estomac se nouer. Mais le générateur remonta à pleine puissance et tout redevint normal.

— Plus facile à dire qu'à faire, mon cher Mulder !

Dana décida d'essayer tout de même de suivre le conseil de son camarade. Elle ferma les yeux... et les rouvrit aussitôt... les ténèbres lui faisaient trop peur.

Elle s'allongea alors plus confortablement et essaya de regarder autre chose que l'ampoule.

Concentrons-nous sur cette poutre dans le plafond, se dit-elle.

Scully se releva brusquement.

— Je les vois !

— Quoi ? firent les deux hommes à l'unisson.

— Je les vois arriver, là ! Ils sont derrière les sacs, regardez !

Ils allèrent tous voir cela de plus près. Des milliers de petits points phosphorescents brillaient sous le plastique, des centaines de milliers de verts luisants microscopiques.

— Ils se glissent par les interstices des parois qui ne sont pas éclairés. Là, près du plancher, ici. Regardez...

Elle mit les deux mains sur le sac plastique pour le coller plus proprement au mur.

— Aaaaaaaaaaaaaaaahhhhhhhhh !

Les points verts brillaient sur ses bras et remontaient vers son épaule.

— Retirez-les de sur moi... retirez-les !

Elle recula en gesticulant.

— Attention ! hurla Moore.

Le bras de Scully heurta l'ampoule qui se balança au bout de son fil. Moore plongea et rattrapa l'objet avant qu'il ne se fracasse sur le mur.

Pendant ce temps, Mulder saisit Scully dans ses bras et l'obligea à se calmer.

Elle tremblait en comprenant ce qui avait failli se passer.

— Scully, détends-toi, tout va bien !

— Fais partir ces bestioles, Mulder, j'en suis couverte !

— J'ai dit calme-toi !

Dana fit un effort surhumain pour se contrôler. Son cœur lui martelait la poitrine. Elle ferma les yeux. Elle était paralysée par la peur, par l'horreur.

— Où sont-elles, Mulder ? Est-ce que tu les vois ?

Il répondit en lui murmurant à l'oreille :

— Ces bêtes ne sont pas simplement sur toi, Scully, elles sont partout. Ce sont ces bestioles qui ont laissé cette couche de graisse dans la cabane, sur tous les objets. Je pense que ces insectes sont devenus lumineux sur tes bras uniquement parce qu'ils étaient dans l'ombre.

Dana passa la main sur ses avant-bras. Elle ne sentait rien.

— Je croyais que nous étions en sécurité, ici, fit-elle.

— Je pense que nous sommes protégés. Apparemment, ces bêtes n'attaquent que lorsqu'elles sont suffisamment nombreuses. Et la lumière les empêche de se regrouper.

— Il doit en falloir des millions pour dévorer un homme. Combien de ces bêtes y a-t-il dehors, sur les arbres, combien ?

— Je ne sais pas, agent Scully, répondit Moore qui tenait toujours l'ampoule. La seule chose que je sais, c'est que le jour est encore loin.

CHAPITRE 14

Scully était morte de peur, et n'essaya même pas de dormir. Elle se connaissait bien, et savait qu'il n'y avait qu'un moyen pour elle de se calmer : le travail.

Il fallait qu'elle se mette au boulot.

Dana s'installa sur le lit et commença à réfléchir à leur problème d'une façon scientifique.

Soudain, une idée !

Elle se leva et alla jusqu'à son sac à dos dont elle sortit un bocal en verre qu'elle posa sur la grande table.

— Je m'en doutais.

Elle se tourna vers les deux hommes, et appela :

— Hé, venez donc voir ça !

Mulder et Moore s'approchèrent. Ils se penchèrent pour regarder les petits points lumineux qui dansaient dans le bocal. Il y en avait une bonne douzaine qui volaient en tous sens comme à la recherche d'une issue.

— Ce sont des spécimens que j'ai prélevés sur le cocon que nous avons trouvé en forêt, expliqua

Dana. Ces bestioles ressemblent sous bien des aspects à des lucioles. Chez ce type d'insectes la lumière est liée aux déchets produits par leur organisme. Lorsque leurs déchets entrent en contact avec la lumière, un effet phosphorescent se produit. Dans ce cas, une lumière verte.

Moore fit signe qu'il était d'accord.

— Exact, murmura-t-il pensivement. Une réaction chimique provenant d'une oxydation instantanée.

Mulder fit la moue.

— Mais, malheureusement pour nous, ces charmantes bébêtes ne sont pas des lucioles. Regardeles, Scully, ces insectes-là sont des araignées miniatures. Les lucioles ne font pas de cocon et elles ne mangent pas les gens !

Mais Dana continua son idée :

— Je pense avoir compris comment elles font leurs cocons, justement. Une fois qu'elles se sont nourries, elles se débarrassent des déchets. Ceux-ci se mélangent à leurs sécrétions naturelles. Ces sécrétions suppurent jusqu'à l'air libre, produisent une lumière, et se transforment en un résidu graisseux et fibreux.

— Si j'en juge par l'état du cadavre que nous avons retrouvé dans le cocon, remarqua Moore, ces saloperies doivent avoir un appétit d'enfer. Elles ont bouffé tout ce qu'il y avait de consommable dans leur proie.

Mulder haussa les sourcils :

— Vous aussi vous auriez faim, si vous n'aviez pas mangé pendant des siècles.

— Elles rattrapent le temps perdu.

— Je me demande combien il y en a, murmura pensivement Scully.

— A mon avis, répondit Fox, il doit y en avoir des millions. N'oublions pas que ces insectes ont réussi à dévorer trente bûcherons. Nous sommes cernés par des millions de bêtes microscopiques qui veulent nous manger. Mais j'ai bien peur que ce ne soit pas la plus mauvaise nouvelle de la journée.

— De quoi parles-tu ?

— J'ai le pressentiment que ces insectes doivent se reproduire à toute vitesse. Plus ils mangent plus ils se multiplient vite. Lorsqu'ils ont trouvé ces bûcherons, ils ont décroché le jackpot. Un véritable festin, pour eux. Un festin qui a dû provoquer une explosion démographique dans leur essaim. Les insectes fonctionnent tous de cette façon, c'est pour cela qu'il y en a tant sur terre.

— Mais jamais aucun insecte n'a dévoré des êtres humains ! protesta Scully.

— Nous avons donc assisté à une première.

Dana se tourna vers Fox.

— Tu te rends compte que cela pourrait signifier, à terme, la disparition de l'espèce humaine ? D'autres animaux ont été rayés de la carte dans le passé, les dinosaures, les mastodontes. Mais nous n'avons jamais réellement découvert avec certitude la cause de leur extinction. La seule chose que nous savons, c'est qu'il y a toujours eu des éruptions volcaniques, surtout dans les temps anciens. Il est donc fort possible que les dinosaures aient en fait disparu, aient été bouffés, par une peste similaire à celle à laquelle nous devons faire face aujourd'hui. La seule différence étant que, cette fois-ci, c'est l'espèce humaine qui est en danger.

Mulder continuait d'examiner les insectes dans le bocal.

— Oui, Scully, et n'oublie pas qu'il y a aussi des météores qui tombent sur la terre chaque jour. Comment savoir si l'un d'eux n'a pas apporté chez nous quelque chose de mortel ?

— Peu importe leur origine, interrompit Dana. La seule chose qui compte, c'est que ces insectes peuvent mettre la population en danger.

— La race humaine en danger ? Je sais pas, soupira Moore, mais en tout cas, nous trois... nous sommes dans la merde !

A cet instant précis, la lumière vacilla, et dans le lointain le ronronnement du générateur commença à faiblir.

Scully se redressa en serrant les poings.

— Ô mon Dieu !

Elle pouvait déjà imaginer la nuée phosphorescente envahissant la cabane, les dévorant vivants, attaquant leur peau, leurs yeux.

Mais le générateur recommença à ronronner régulièrement, et l'ampoule se remit à briller d'un éclat rassurant.

Mulder se passa la main dans les cheveux.

— On va peut-être tenir jusqu'au matin.

— Si on ne meurt pas de trouille avant, remarqua Moore.

— Et que ferons-nous ensuite ? lança Scully. Il faut plus d'une journée de marche pour quitter la forêt. Nous n'arriverons jamais à en sortir avant la nuit. Si Mulder a raison, si les insectes se multiplient, ils doivent maintenant être dans toute la forêt, en train de guetter une proie. Si nous nous trouvons dehors lorsque la nuit tombera, nous sommes foutus !

— Peut-être que quelqu'un aura entendu notre appel radio, fit Mulder sans conviction. Les secours sont sans doute déjà en route...

— Ne rêve pas, rétorqua Scully. Tu as lancé ton Mayday il y a des heures de cela. Si quelqu'un nous avait entendus, nous aurions déjà reçu des secours.

Moore hocha la tête.

— J'ai bien peur qu'elle n'ait raison, Mulder. Les Eaux et Forêts ont des hélicos, et la scierie aussi.

Mulder ne voulait pas abandonner tout espoir.

— Je compte toujours sur Spinney. Il m'a donné sa parole. Je sais qu'il va venir nous chercher.

Moore sourit.

— Spinney parle bien, il aurait dû faire de la politique. Il est capable de convaincre n'importe qui de n'importe quoi. J'ai lu les pamphlets qu'il écrit. J'ai vu tous les dégâts qu'il a causés ces dernières années. Je ne crois plus un mot de ce qu'il peut dire, désolé. Et je ne vais pas jouer ma vie à la roulette russe en pariant sur le fait qu'il va tenir ses promesses.

Scully dut, à regret, soutenir Moore contre Mulder.

— Spinney n'est pas un boy-scout, dit-elle, nous ne pouvons pas compter sur lui. Il va falloir que nous trouvions une solution pour nous en sortir tout seuls.

— De toute façon, ajouta Moore, nous ne pouvons pas rester là à attendre pour voir si notre bonhomme revient. Dès que le jour sera levé, chaque minute comptera.

Scully regardait Fox fixement.

— Et qu'est-ce que nous allons faire ?

— Ne t'inquiète pas, répondit-il. Nous trouverons une solution lorsque le moment viendra.

— Le moment, quel moment ?

— La prochaine nuit.

Moore regarda sa montre.

— Le temps s'écoule trop vite ou trop lentement, je ne sais plus que penser..

— Et les bébêtes ont faim, remarqua Scully.

Mulder bâilla en s'étirant.

— Le jour est encore loin. Je ne sais pas pour vous, mais moi, je suis crevé. Je vais faire un petit somme.

Moore bâilla aussi.

— Bonne idée. Autant se reposer un peu, nous aurons les idées plus claires demain. Il va falloir faire des choix difficiles.

— Faites de beaux rêves, fit Fox en s'allongeant.

— Tu parles ! ricana Moore en allant s'installer sur sa couchette de fortune.

Scully s'allongea pour faire comme tout le monde, mais elle ne ferma pas les yeux. Mulder avait l'air parfaitement calme. Comment faisait-il ? Dana tremblait encore. Elle avait l'impression qu'elle ne pourrait plus jamais dormir, plus jamais éteindre la lumière dans sa chambre.

Elle regardait fixement, bêtement, l'ampoule électrique. Tant qu'elle restait allumée, tout allait bien. C'était leur radeau, leur bouée de sauvetage, et la nuit était un océan en furie.

Dana fit un effort pour essayer de penser à autre chose qu'à ces foutus insectes. Mais l'image du cocon la hantait toujours. Elle ne voulait pas ressembler un jour au corps momifié et réduit qui se trouvait à l'intérieur.

Soudain, tout devint sombre dans la cabane.

Scully ouvrit la bouche pour hurler.

Mais elle réalisa soudain qu'elle venait de fermer les yeux.

Elle s'endormait.

Quand elle se réveilla, de vagues lueurs brillaient à l'extérieur de la cabane.

Les lueurs du matin.

La nuit était finie.

CHAPITRE 15

Une heure plus tard, le soleil brillait entre les cimes des arbres.

La brume matinale flottait encore dans la forêt. Dès qu'elle se dissiperait, la luminosité dans les bois serait maximale.

Moore rongeait son frein et n'arrêtait pas de regarder sa montre.

— Spinney n'est toujours pas là, répétait-il. Ce fils de pute ne va pas venir nous chercher !

Il se tourna vers Mulder.

— Alors, monsieur F.B.I. Vous avez une idée brillante à nous proposer ? Il va falloir prendre une décision tout de suite.

— J'ai réfléchi, répondit Fox.

— Non, vraiment ?

— Je vais aller examiner le camion, celui dont Spinney a pris la batterie.

— Pour quoi faire ? C'est une épave inutilisable. Il y a du sucre et du riz dans tous les coins. Les pneus ont été éventrés.

— Je veux juste regarder.

Ils allèrent tous jusqu'au camion en question.

Mulder examina le véhicule sous tous les angles, puis s'accroupit et regarda les roues.

— Ce pneu-ci est le moins abîmé, remarqua-t-il. L'extérieur a été ouvert au couteau, mais la jante est bonne et la chambre à air est déchirée proprement. Je crois qu'on peut en faire quelque chose.

— Ouais, ricana Moore, eh bien, ça prouve que tout fout le camp ! Les Démolisseurs d'aujourd'hui ne sont plus ce qu'ils étaient !

— Vous avez de quoi réparer un pneu, dans votre voiture ? demanda Fox.

— Bien entendu, je n'y ai pas touché, à quoi bon ? Vous avez vu comme moi. Les pneus étaient tous foutus, irréparables. La jante elle-même était nase.

— Oui, mais on pourrait réparer ce pneu.

— Et alors ?

— Et alors, on remplace un de ceux qui sont foutus sur votre véhicule. Je ne dis pas que cela va transformer votre voiture en bolide, mais cela nous permettra de la faire avancer. Nous atteindrons peut-être la lisière des bois avant la nuit.

Scully croisa les bras.

— Tu sais, Mulder, ton idée pourrait marcher.

Fox lui sourit.

— Et si nous ne réussissons pas, au moins nous pourrons nous servir de la radio de la voiture pour prévenir le monde extérieur du danger, pour les sauver.

— Les sauver avant que les bestioles aient de nouveau faim, murmura Scully d'un air sombre.

Moore trépignait.

— Ça ne sert à rien de rester ici. Le générateur ne tiendra jamais une autre nuit.

— Alors on fonce! annonça Fox. On va jouer à « roule le pneu », un nouveau sport. Coupons directement à travers la forêt. Cela ira plus vite que de suivre la route en lacet qui mène à la bagnole.

— Allons-y, pas de temps à perdre! s'écria Moore.

Mulder alla chercher du matériel dans la cabine du pilote : démonte-pneu et cric.

La roue fut démontée en quelques minutes à peine.

Mulder la fit rouler devant lui. Dana et Moore avançaient à ses côtés. La brume était encore épaisse.

— Brrr... fit Scully en hâtant le pas. On se croirait au pays des fantômes.

Autour d'eux, les arbres s'élevaient comme des géants, leurs cimes invisibles dans le brouillard. Mais, au fur et à mesure que le petit groupe avançait, la brume commençait à se lever.

Les trois compagnons d'infortune ne couraient plus mais trottaient. C'était maintenant le tour de Moore de pousser la roue de camion devant lui.

— Dommage qu'on soit si pressés, fit Scully, tout en continuant d'avancer à vive allure. La forêt a l'air d'être superbe en cette saison. J'aimerais bien venir ici dans d'autres circonstances. L'air est si pur et tout est si calme. Enfin, peut-être qu'un jour j'aurai l'occasion de revenir dans cette belle région, si nos petits amis les insectes n'ont pas réduit à néant la race humaine d'ici là.

Elle prit une seconde pour lever la tête et regarder

au-dessus d'elle. Les arbres centenaires, le bleu du ciel...

— C'est le plus beau pays du monde, dit Moore. J'adorais déjà venir ici quand j'étais enfant. Mon plus beau rêve, c'est d'élever mes gosses dans le coin et de voir qu'eux aussi aiment la nature. La seule raison pour laquelle je me suis engagé dans les Eaux et Forêts, c'est pour pouvoir vivre ici. Pas question de travailler enfermé dans un bureau, de perdre sa vie à la gagner, quand on connaît cet endroit.

— Ça me fait un drôle d'effet de vous entendre dire ça, fit Scully tout en avançant. Vous parlez comme Spinney, comme un écolo, vous savez... les arbres, les petits oiseaux, etc. Pourtant, c'est Humphreys qui est votre ami, pas Spinney.

Elle changea de ton pour annoncer :

— Allez, à moi de jouer à « roule le pneu » !

Moore poussa la roue dans sa direction sans arrêter de marcher.

— Humphreys et moi sommes du même côté, du point de vue du respect de la légalité, expliqua-t-il. Spinney, lui, veut faire la loi, rendre la justice tout seul. Ce n'est plus comme ça que les choses se passent dans notre pays, pas depuis la conquête de l'Ouest.

— Regardez, cette zone est dégagée, fit Dana, si on courait, ça nous ferait gagner quelques minutes.

— Je suis d'accord, annonça Moore.

Mulder regarda sa montre.

— Bonne idée. Nous allons apparemment atteindre la voiture en milieu d'après-midi. Si nous ne rencontrons pas d'imprévu, cela nous laisse le temps de sortir de la forêt. Nous réussirons à atteindre le pont qui délimite l'entrée dans les bois.

Ils se mirent à courir au pas de gymnastique.

Mulder demanda à Moore :

— Vous nous dites que Spinney ne respecte pas la loi, mais il me semble que Humphreys n'est pas un ange non plus.

— Je sais ce à quoi vous pensez. Mais je connais Steve depuis des années, nous jouons au tennis ensemble. On se voit le dimanche. Nos femmes préparent le repas ensemble. J'ai toujours pensé que je pouvais lui faire confiance comme à un frère.

— C'est le problème quand on est un représentant de la loi, fit Mulder. Il ne faut jamais devenir trop ami, avoir des rapports personnels avec les gens qu'on risque d'être amené un jour à arrêter.

Scully poussait toujours la roue devant elle.

— Triste mais exact, dit-elle. Nos métiers font de nous des gens à part. Nous ne pouvons faire confiance à personne sauf à nos collègues. Cela peut nous rendre très solitaires. Il faut aimer son boulot pour pouvoir tenir.

— Il faut avoir la foi, hein, Scully ? ajouta Mulder.

— La foi en son objectif personnel, hein, Mulder ?

Ils échangèrent un regard complice. Dana savait le but que poursuivait Fox. Elle seule savait.

Moore continua de courir tout en s'essuyant le visage. Il transpirait à grosses gouttes.

Le soleil était maintenant haut dans le ciel et il faisait chaud. La lumière était aveuglante.

— Je suppose que mon amitié pour Steve a dû obscurcir mon jugement. Vous avez raison, agent Scully. Je n'ai peut-être pas été assez attentif, assez neutre dans cette affaire. Mais lorsque je le reverrai, je vais lui poser des questions, copain ou pas. Il devra me dire ce qu'il sait au sujet des arbres abattus.

Scully s'arrêta brutalement de courir.

— Fatiguée ? demanda Moore.

— Moi, je le suis ! s'écria Mulder.

Dana secoua la tête.

— Non, ce n'est pas ça. Je viens de penser à quelque chose. Humphreys a quitté la cabane en disant qu'il allait à la voiture de Moore. Et s'il avait réussi son coup ? Qu'allons-nous faire si nous arrivons là-bas pour découvrir que la bagnole s'est envolée ? Nous nous retrouverons sans lumière au milieu de la forêt et la nuit tombera.

Mulder fit la grimace.

— J'ai pensé à ça, mais de toute façon, nous ne pouvions pas rester au camp. Là-bas, nous n'avions aucune chance. Mais si nous atteignons la voiture, si elle se trouve toujours là, alors nous pouvons au moins espérer nous en sortir. Je sais que nos chances sont minces, mais c'est mieux que rien, non ?

Ils se remirent à courir, chacun poussant la roue à tour de rôle.

Tous les trois pensaient à la même chose. Mais ils étaient fatigués et ne pouvaient plus se permettre de parler en avançant.

Vers le milieu de l'après-midi, la route apparut juste devant eux, et Scully s'écria :

— Dieu soit loué, la voiture est encore là !

CHAPITRE 16

Scully se tenait devant la voiture. C'est drôle comme les choses peuvent parfois changer brutalement sans prévenir, se disait-elle. Voilà une seconde, elle se retenait pour ne pas pousser des cris de Sioux tellement elle était heureuse de voir ce véhicule. Et maintenant elle avait envie de vomir rien qu'en le regardant.

— En plein dans l'arbre ! La voiture est rentrée en plein dans un arbre... merde !

Moore était déjà en train de faire le tour de son véhicule pour voir les dégâts. Il ouvrit la portière et regarda à l'intérieur.

— Oh ! nom de Dieu... ne regardez pas, miss ! fit-il à Scully.

Elle s'approcha, devinant déjà ce qu'il avait découvert.

— Ne vous en faites pas. Voir des cadavres, c'est mon métier.

C'était son métier, oui. Mais elle faillit s'évanouir tout de même en découvrant le contenu de la voiture.

C'était Humphreys, son visage (ou du moins ce qu'il en restait) figé en une expression de douleur et d'horreur.

Il était enveloppé dans un cocon qui emplissait la presque totalité du quatre-quatre.

Scully se détourna et fit mine d'aller regarder les pneus. Elle ne voulait pas que les autres la voient, elle, un médecin légiste, un agent du F.B.I., devenir verte comme une débutante !

Mais Moore et Mulder eux aussi étaient verts. Ils ne risquaient pas de remarquer son expression.

Mulder se passa la main sur le visage.

— Humphreys a tenté sa chance jusqu'au bout, mais il n'a jamais quitté les starting-blocks.

— Pauvre Steve, soupira Moore. Humphreys était peut-être un emmerdeur, et il était sûrement un peu trop loyal envers sa chère scierie. Mais quoi qu'il ait fait, il ne méritait pas de finir comme ça.

— Personne ne mérite une mort pareille, rétorqua Mulder. Mais la nature ne s'embarrasse pas de préjugés. Elle frappe au hasard, mieux vaut ne pas se trouver là quand elle se fâche.

Scully n'osait toujours pas regarder le corps. Elle avait tout de même repris ses esprits.

— Bon, qu'est-ce qu'on fait ? demanda-t-elle. Le soleil commence à descendre vers l'horizon.

On voyait effectivement la lumière changer dans le ciel, les teintes dans les cimes des arbres se modifiaient lentement.

— On peut courir, mais on sait que cela ne servira à rien, fit Moore.

— On ne peut pas se cacher, ni se protéger, murmura Mulder.

Dana fronça les sourcils :

— Attends, la voiture... on peut se mettre dans la voiture.

Avant que ses compagnons aient pu répondre, elle secoua la tête :

— Oubliez ce que j'ai dit. C'est une idée idiote. La voiture est déjà pleine de bestioles. Elles vont se réveiller dès que l'heure du dîner sonnera.

Moore haussa les épaules.

— J'ai toujours ma lampe de poche, on peut s'en servir contre elles.

Mulder ne put s'empêcher d'éclater de rire :

— J'imagine la scène ! Non, n'essayez pas d'aller dans la voiture avec la lampe de poche, Moore. Trop d'ombre, trop de bestioles. Il ne fera pas bon se trouver à l'intérieur lorsque l'essaim se réveillera. Croyez-moi, vous vous retrouverez dans le même état que Humphreys avant d'avoir eu le temps d'allumer votre torche. Autant rester ici, à l'air libre.

— D'une façon ou d'une autre, fit Scully, nous sommes foutus. Nous allons finir dans un cocon. Il faudrait un miracle pour nous sauver.

Personne n'émit de protestations.

Ils restèrent silencieux, à regarder la voiture contre l'arbre.

Et soudain, un bruit dans le lointain.

Un bruit qui leur parut miraculeux.

Le bruit venait de la route en contrebas, depuis l'intérieur de la forêt.

— C'est une voiture, annonça Moore, mais qui cela peut-il être ?

Mulder sauta sur place :

— Je sais qui c'est ! Je peux même vous dire que c'est une Jeep.

Quelques minutes plus tard, effectivement, une Jeep apparut et roula vers eux. Spinney était au volant.

Il freina et ouvrit la portière pour hurler :

— Magnez-vous le train, bordel ! J'ai perdu assez de temps comme ça à vous chercher au camp. Mais qu'est-ce qui vous a pris, nom de Dieu, où alliez-vous comme ça ?

— Attendez ! cria Moore. Nous ne pouvons pas laisser Humphreys ici, il a une famille, une femme et des enfants. Ils vont vouloir l'enterrer.

— C'est nous qu'on va enterrer si tu ne la fermes pas, mec, rétorqua Spinney. Bougez-vous le cul !

Soudain, Spinney vit le visage de Moore. Le « Freddy » avait du chagrin pour son vieil ami. Spinney savait ce qu'il ressentait ; il avait perdu ses amis de la même manière. Il changea de ton et annonça presque doucement :

— Ne t'en fais pas, Moore. J'ai lancé un appel radio. Des secours vont venir, ils s'occuperont de ton pote, et des autres. J'espère qu'ils penseront à décontaminer les corps avant de les ramener en ville.

Moore salua Humphreys et s'éloigna vers la Jeep. Il s'assit à côté de Spinney. Mulder et Scully s'installèrent derrière.

Ils avaient à peine claqué la portière que Spinney démarra en trombe, pied au plancher.

La Jeep fonçait sur la route goudronnée.

Mulder demanda :

— Et vos amis ?

Spinney regardait droit devant lui.

— Ouais, je les ai trouvés ! Tu parles que je les ai trouvés. Ils ne s'en sont pas sortis, mais nous, on va réussir !

Scully regardait les arbres qui filaient autour d'eux. La nuit tombait ; les ombres s'allongeaient et commençaient même à se fondre avec les ténèbres des sous-bois. Le ciel avait changé de couleur.

Elle remarqua alors que Spinney avait allumé les phares.

Est-ce qu'ils arriveraient hors de la forêt avant que la nuit ne soit là ? Et est-ce qu'ils seraient à l'abri une fois hors des bois ? Jusqu'où les insectes s'étaient-ils rendus maîtres des ténèbres ?

Soudain, une explosion.

La Jeep fut secouée comme si une main géante la poussait.

Le véhicule commença à faire des bonds.

— Non ! hurla Spinney. Non, ce n'est pas vrai !

Il s'agrippa au volant pour essayer de rester sur la route. Mais la Jeep était incontrôlable.

Il finit par freiner juste avant de percuter un arbre.

Spinney se précipita à l'extérieur, armé de la lampe de poche. Il faisait presque nuit. Seule une lueur rougeâtre dans le ciel indiquait que le soleil n'était pas encore totalement couché.

Spinney fit le tour du véhicule.

Il secoua la tête d'un air désespéré.

— Pas la peine de demander ce qui s'est passé, fit Mulder.

— Pneus déchiquetés, merci les Démolisseurs ! sourit amèrement Scully en se cachant le visage dans les mains.

— Ce pauvre Spinney avait complètement oublié qu'il avait mis des « araignées » dans ce coin, dit Moore. C'est ce qu'on appelle être pris à son propre piège, non ?

— Ce qui est fait est fait.

— Non, agent Mulder. Je veux avoir un dernier plaisir avant de crever bouffé par les insectes. Je veux voir la gueule de Spinney ! Je veux le voir se rendre compte qu'il est la cause de notre mort !

Moore fit un geste pour ouvrir la portière de la Jeep.

— Non ! hurla Mulder. Non, n'ouvrez pas, restez à l'intérieur !

Moore le regarda.

— Revenez dans la Jeep ! cria Scully, revenez !

Moore sortit dans la nuit.

— Mais qu'est-ce que vous avez ? demanda-t-il depuis l'extérieur.

Et soudain il comprit. Il suivit le regard de Dana et vit Spinney qui gesticulait comme un fou.

Il était entouré d'une lueur verte.

Les insectes avaient repéré leur proie et attaquaient.

L'essaim se forma autour de Spinney.

Il se mit à hurler.

Moore était glacé d'horreur, paralysé, la main encore sur la portière.

Mulder bondit par-dessus le siège du conducteur. Il attrapa Moore, le poussa sans ménagement dans la bagnole.

Puis il claqua la portière, fit le tour et remonta à côté de Scully.

— Mais, et Spinney ? demanda-t-elle.

Mulder était essoufflé.

— Trop tard.

L'écologiste se débattait toujours en hurlant. Il lâcha soudain sa lampe et se mit à courir comme un possédé.

Il disparut dans la nuit.

La torche gisait au sol.

Spinney arrêta de crier.

La nuit devint silencieuse.

— Mon Dieu, Mulder, regarde, fit Scully.

Un nuage vert et lumineux venait vers eux.

— Ils ont fini leur entrée, ils vont passer au plat principal...

L'essaim s'approchait de la Jeep.

CHAPITRE 17

La lumière aveuglait Mulder.

Il cligna des yeux et essaya de penser.

La lumière, se dit-il, la lumière... elle n'est pas verte !

Une autre pensée lui vint alors : c'est le jour !

Puis sa vision s'éclaircit, et il vit qu'on l'observait. Plusieurs personnes étaient penchées sur lui. Toutes portaient des casques transparents. Fox regarda un des hommes qui se tenait tout près de lui. Il portait une véritable combinaison d'astronaute : blanche, entièrement étanche, avec un casque. Tout danger de contamination était écarté.

Les astronautes le sortirent doucement de la Jeep. Mulder distingua au loin trois camions blancs qui attendaient. Du personnel médical se tenait prêt à intervenir.

— Dieu merci, vous êtes vivant, dit l'homme. Lorsque j'ai retiré cette espèce de toile d'araignée de sur votre visage, j'ai cru que vous ne respiriez plus. Que vous est-il arrivé ?

— C'est une longue histoire, répondit Fox.

— Nous avons reçu une transmission radio qui parlait d'insectes. La personne qui nous a appelés s'appelait Spinney. Doug Spinney. Il pourra peut-être nous donner des détails. Vous savez où il se trouve ?

— J'ai bien peur que M. Spinney ne soit plus joignable en ce moment.

Mulder ferma les yeux. Des images lui revenaient.

Des images d'horreur.

Il revit Spinney qui courait en hurlant.

Et ensuite ? Fox avait l'impression que son cerveau marchait au ralenti. Il ne se souvenait que de petites bribes des événements.

Il était dans la Jeep avec Scully et Moore.

Il se rappelait avoir pensé être en sécurité. Et puis les insectes avaient commencé à entrer dans le véhicule par les volets de ventilation. Moore était assis à l'avant. Il avait immédiatement été entouré par l'essaim lumineux.

Scully et lui avaient regardé, impuissants, le pauvre garçon se débattre.

Et soudain l'essaim s'était séparé en deux. *Ils se sont aperçus que le double dessert était assis à l'arrière !*

Les milliers de bêtes microscopiques s'étaient immédiatement attaquées à eux. Fox se souvenait parfaitement de la douleur atroce, de l'impression que sa peau allait le quitter. Il entendait encore les hurlements de Dana juste à côté de lui.

Pourquoi était-il encore vivant ? *Pourquoi ne suis-je pas mort ?* se demanda-t-il.

La dernière chose dont Mulder se souvenait,

c'était de s'être évanoui sous l'effet de la douleur inhumaine.

Peut-être que l'essaim qui avait pénétré dans la Jeep n'était pas suffisamment important pour dévorer trois personnes.

Les araignées microscopiques avaient peut-être déjà trop mangé : Spinney, puis Moore, puis...

Mulder essaya de se redresser. L'astronaute l'en empêcha.

— Il y avait quelqu'un avec moi sur le siège arrière. Ma coéquipière, Dana Scully. Est-ce que... elle est...

Il était trop faible pour finir sa phrase. Sa voix se brisa.

— Je ne l'ai pas vue dans la Jeep, répondit l'homme. Mais la toile d'araignée qui est dans le véhicule est si dense que j'ai bien failli ne pas vous repérer ! C'est vraiment bizarre, cette toile. On dirait un cocon. Et je me demande d'où peut provenir cette couche graisseuse qui recouvre toute la Jeep.

Soudain, une voix dans le lointain cria :

— Chef, j'ai trouvé deux autres personnes !

Une autre voix :

— Il y en a un qui bouge. Je crois qu'il essaie de parler. Bordel, retirez cette saloperie qui est sur son visage ! Mais qu'est-ce que c'est que cette espèce de fibre ?

Il y eut un silence, puis la première voix annonça :

— C'est une femme !

— Est-ce qu'elle est vivante ? articula Mulder qui avait la gorge nouée.

— Elle est vivante ? cria l'astronaute.

— Pour le moment, oui, répondit un des hommes qui s'occupaient de la Jeep.

Fox entendit d'autres voix, qui venaient du côté des camions :

— Allô! appel d'urgence, nous avons besoin d'hélicoptères d'évacuation médicale. Etablissez un camp de quarantaine. Nous avons retrouvé deux victimes d'une infection non identifiée. Il peut s'agir d'un virus ou d'agents biologiques non identifiés. Danger maximal de contamination. Je demande un black-out total sur toutes les informations concernant cette situation. Le danger d'épidémie est bien réel. Le danger d'une panique également.

Je me demande s'ils vont trouver tout seuls ce qui nous est arrivé, s'interrogea Mulder.

Il s'évanouit de nouveau.

— Qui êtes-vous? demanda Fox à l'homme qui l'examinait.

— Je suis le Dr Simmons, du centre de contrôle des épidémies d'Atlanta, répondit le petit monsieur très bon chic bon genre, vêtu d'une blouse blanche. Je suis arrivé ici pour m'occuper de votre cas, voilà trois jours.

— Où suis-je?

— Hôpital Hyman Rickover, base navale de Seattle, Washington. Vous pouvez continuer à me parler si cela vous fait du bien. Mais surtout respirez par le nez. Le tuyau dans votre narine gauche vous approvisionne en oxygène.

Fox inspira à fond et regarda autour de lui.

— Nous nous trouvons dans un secteur spécial de l'hôpital ?

— Très spécial, mais vous êtes un cas très spécial, agent Mulder.

Le lit de Fox se trouvait à l'intérieur d'une tente en plastique transparent. Il pouvait voir d'autres personnes en blanc, portant des masques, qui allaient et venaient à l'extérieur.

Mulder distingua des appareils posés sur des tables. Il reconnut plusieurs d'entre eux. Du high-tech, du dernier modèle. On n'avait pas lésiné sur les moyens, heureusement !

En regardant de l'autre côté dans la tente, Mulder aperçut deux autres lits.

— Comment vous sentez-vous ? demanda le Dr Simmons.

— Vous êtes le médecin, vous savez comment je vais. En ce qui me concerne, j'ai la sensation d'être bien en vie. Vous avez les résultats des tests ?

— Vous n'avez pas de lésions pulmonaires. Nous avons vérifié cela tout de suite. Vous comprenez, nous avions peur que le cocon dans lequel vous vous trouviez ne soit toxique. Mais le matériau dont il était composé n'était pas si dangereux que cela.

— Vous avez découvert quelque chose dedans ?

— Oui, un produit chimique appelé luciférine.

— Un nom sympa. Qu'est-ce que c'est ?

— Une enzyme qu'on trouve chez les lucioles et les vers luisants, par exemple. Nos experts sont en train d'essayer de déterminer quelle espèce d'insectes vous avez rencontrés. Ils n'ont pas encore trouvé.

— Et les autres, mes compagnons ? L'agent Dana Scully et Moore... Moore était sur le siège avant...

— M. Moore est au plus mal, nous faisons tout ce que nous pouvons, mais la science moderne a ses limites.

— Et Scully ?

— Pour le moment, il est encore trop tôt pour vous donner un diagnostic précis.

— Je veux la voir.

Simmons hésita.

— Ma foi, si vous voulez. Mais prenez votre bouteille d'oxygène avec vous.

Mulder se leva lentement, aidé par le médecin. Il ajusta le tuyau qui sortait de sa narine et qui courait jusqu'à une bonbonne posée sur un petit chariot.

Il se dirigea lentement vers un des lits, aidé par Simmons qui s'occupa de la bouteille.

Fox regarda Dana.

Elle était aussi pâle qu'un cadavre. Seuls les légers mouvements de sa poitrine indiquaient qu'elle était toujours en vie. Son visage était maculé de petites taches, de minuscules morsures. Elle avait l'air épuisé, au bord du gouffre.

— Scully ? appela-t-il doucement.

— Elle n'est pas consciente, murmura Simmons. Il s'en est fallu de peu pour elle. Il aurait suffi de quelques insectes de plus ou de quelques heures pour qu'elle meure, comme Spinney. Nous faisons tout ce que nous pouvons pour elle. Mais il n'y a pas de précédent à son cas. Je ne peux rien vous garantir.

— Dire que je lui avais vanté le bon air de la forêt.

Fox se sentait coupable. Tout ce qui était arrivé était sa faute; si Dana mourait, il serait responsable.

— Agent Mulder, vous n'aviez aucun moyen de savoir ce qui allait se passer. Personne ne le pouvait.

Mulder sourit.

— Si, j'aurais dû deviner. Je suis supposé être un spécialiste de ce genre d'affaires bizarres, hein, Scully ?

Il se tourna vers le médecin.

— Qu'allez-vous faire pour empêcher les insectes de se propager ? demanda-t-il. Est-ce que vous allez transformer la forêt en zone interdite ? L'essaim pourrait migrer s'il ne trouve plus de nourriture.

— Ne vous inquiétez pas. Cette affaire est une priorité absolue. Les spécialistes sont en train de s'en occuper : pesticides, tout ce qui se fait de plus moderne. Ils vont également brûler la forêt avec un système qui ne permettra pas aux cendres de se répandre dans l'atmosphère.

Mulder repensa à Spinney.

Il devait se retourner dans sa tombe : on allait verser de l'agent orange sur sa chère forêt ! Un comble.

— Docteur, que se passera-t-il si les spécialistes n'arrivent pas à tuer l'essaim ?

Simmons prit un air dur.

— Impossible. Ils ne peuvent pas rater leur coup. N'envisagez même pas cette possibilité !

Le médecin s'éloigna avant qu'il puisse insister.

Fox soupira.

Les gens ne changeraient jamais.

Mieux vaut ne pas penser au pire... la politique de l'autruche !

Mulder se pencha vers Dana et lui murmura à l'oreille :

— Reviens vite, Scully ! Je vais avoir besoin de ton aide encore une fois.

Il eut l'impression qu'elle l'avait entendu.

Attendre. Il n'y avait plus qu'à attendre, pour voir ce qui allait se passer.

Cinéma

Livre après livre, film après film, J'ai lu édifie l'étonnante bibliothèque du cinéma.

Les titres sont présentés par ordre alphabétique.

Abyss
CARD Orson Scott 2657/4

L'accompagnatrice
BERBEROVA Nina 3362/4

Adieu ma concubine
LEE Lilian 3633/4

A l'Opéra de Pékin, où les rôles féminins sont traditionnellement tenus par des hommes, Dieyi triomphe dans celui de la favorite. Mais Xiaolou, son compagnon de scène, lui préfère la belle Juxian de la Maison des Fleurs.

Un grand roman qui inspira le film Palme d'or au Festival de Cannes en 1993.

Alien
FOSTER Alan Dean 1115/3

AlienS
FOSTER Alan Dean 2105/4

Alien 3
FOSTER Alan Dean 3294/4

Les amies de ma femme
ADLER Philippe 2439/3

Angélique
GOLON 2488/7, 2489/7 & 2490/7

Les anges gardiens
FERDJOUKH Malika 4204/2

L'année de l'éveil
JULIET Charles 2866/3

L'autre
CHEDID Andrée 2730/3

Beignets de tomates vertes
FLAGG Fannie 3315/7

Blade Runner
DICK Philip K. 1768/3

La brute
des CARS Guy 47/3

Carrie
KING Stephen 835/3

Charlie
KING Stephen 2089/5

Christine
KING Stephen 1866/4

Le club de la chance
TAN Amy 3589/4

Conan le Barbare
HOWARD Robert E. 1449/3 (avec Sprague de Camp)

Conan le destructeur
HOWARD Robert E. 1689/2 (avec R.Jordan)

La couleur pourpre
WALKER Alice 2123/3

Courage under fire
SHEANE DUNCAN Patrick 4285/4

Crossing Guard
RABE David 4072/5

Croc-Blanc
LONDON Jack 2887/3

Cujo
KING Stephen 1590/4

Cyrano de Bergerac
ROSTAND Edmond 3137/3

Dallas
RAINTREE Lee 1324/5

Danse avec les loups
BLAKE Michael 2958/4

La demoiselle d'Avignon
HEBRARD Frédérique 2620/4

Demolition Man
OSBORNE Richard 3628/4

Dans un futur d'une violence terrifiante, un flic surnommé Demolition Man en raison de ses méthodes, affronte un meurtrier sanguinaire.

Le dernier des Mohicans
COOPER Fenimore J. 2990/5

2001-l'odyssée de l'espace
CLARKE Arthur C. 349/2

Le diable au corps
RADIGUET Raymond 2969/1

Dragonheart
POGUE Charles Edward 4287/4

Elisa
FERNANDEZ-RÉCATALA 3980/4

E.T. L'extraterrestre
SPIELBERG Steven 1378/3

E.T. La planète verte
SPIELBERG Steven 1980/3

Etat second
YGLESIAS Rafael 3629/6

L'été en pente douce
PELOT Pierre 3249/3

Excès de confiance
ELLISON James 4245/3

Farinelli
CORBIAU Andrée 3955/3

Forrest Gump
Winston Groom 3816/4

Le Fugitif
DILLARD J.-M. 3585/4

Frankenstein
SHELLEY Mary 3567/3

Gaston Phébus
De BEARN Myriam & Gaston 2772/6, 2773/7 & 2774/5

Germinal
ZOLA Emile 901/3

Geronimo
CONLEY Robert J. 3714/3

Golden Girl
NASH Alanna 4241/6

Le grand chemin
HUBERT Jean-Loup 3425/3

L'homme sans visage
HOLLAND Isabelle 3518/3

Ils voulaient la lune
SHEPARD Alan 4115/7

Independence Day
DEVLIN & EMMERICH 4286/6

Le jardin secret
HODGSON BURNETT Frances 3655/4

J'étais empereur de Chine
PU-YI 2327/6

JF partagerait appartement
LUTZ John 3335/4

JFK
GARRISON Jim 3267/5 Inédit

Cinéma

Jonathan Livingston le goéland
BACH Richard 1562/1 Illustré
Joy
LAUREY Joy 1467/2
Joy & Joan
LAUREY Joy 1703/2
Joy (Le retour de)
LAUREY Joy 3388/3
Junior
FLEISCHER Leonore 3876/3
Kramer contre Kramer
CORMAN Avery 1044/3
Lancelot, le premier chevalier
CHADWICK Elizabeth 4030/4
La lectrice
JEAN Raymond 2510/1
La liste de Schindler
KENEALLY Thomas 2316/6
Little Big Man
BERGER Thomas 3281/8
Love story
SEGAL Erich 412/1
La machine
BELLETTO René 3080/6
Madame Bovary
FLAUBERT Gustave 103/3
Le Magicien d'Oz
BAUM Frank 1652/1
Maman j'ai encore raté l'avion
SINGER A. L. 3387/2
Le mari de l'Ambassadeur
HEBRARD Frédérique 3099/6
Meurtre à la une
DIEHL William 4247/6
1492
La conquête du paradis
THURSTON Robert 3403/3
Milliardaire malgré lui
SUNSHINE Linda 3831/4
Misery
KING Stephen 3112/6
Les nuits fauves
COLLARD Cyril 2993/3
Les oiseaux se cachent pour mourir
McCULLOUGH Colleen 1021/4 & 1022/4
Oliver's story
SEGAL Erich 1059/2
Orphée
COCTEAU Jean 2172/1
Où sont les hommes ?
Mc MILLAN Terry 4037/8
Peter Pan
BARRIE James M. 3174/2
Peur Bleue
KING Stephen 1999/3
Présumé innocent
TUROW Scott 2787/7
Priez pour nous
DUROY Lionel 3138/4
Le Prince des marées
CONROY Pat 2641/5 & 2642/5
Pulsions
DePALMA Brian 1198/3
Les quatre filles du Dr March
ALCOTT Louisa M. 3877/3
La reine Margot
DUMAS Alexandre 3279/3
Rends la monnaie, papa !
FAUCHER Elizabeth 3746/3
Richard au pays des livres magiques
STRASSER Todd 3875/4
Robocop
NAHA Ed 2310/3
Running Man
KING Stephen 2694/3
Sauvez Willy
HOROWITZ Jordan 3627/4
Sauvez Willy - 2
HOROWITZ Jordan 4078/4
La servante écarlate
ATWOOD Margaret 2781/5
Shining
KING Stephen 1197/5
Simetierre
KING Stephen 2266/6
Le sixième jour
CHEDID Andrée 2529/3
Stargate
DEVLIN Dean 3870/6
Striptease
HIAASEN Carl 4284/7
Le temps de l'innocence
WHARTON Edith 3393/5
The Player
TOLKEN Michael 3483/3
37°2 le matin
DJIAN Philippe 1951/4
Les Trois Mousquetaires
DUMAS Alexandre 3461/7
Un mari, c'est un mari
HEBRARD Frédérique 823/2
Un Indien dans la ville
Le NABOUR Eric 3979/3
Une journée en enfer
CHIEL Deborah 4031/3
Vingt mille lieues sous les mers
VERNE Jules 3654/5

Composition Euronumérique
Achevé d'imprimer en Europe (Allemagne)
par Elsnerdruck à Berlin
le 10 février 1997.
Dépôt légal février 1997. ISBN 2-290-04345-1
1er dépôt légal dans le collection :
septembre 1996
Éditions J'ai lu
84, rue de Grenelle, 75007 Paris
Diffusion France et étranger : Flammarion